うみべの文庫

堀米 薫

～絵本がつなぐ物語～

文研出版

目次

1　うみべの文庫　4
2　すきとほつたほんたうのたべもの　12
3　おはなしびっくり箱　18
4　東日本大震災《ひがしにほんだいしんさい》　34
5　想《おも》いよ、届《とど》け！　46
6　絵本とともに　54
7　夢《ゆめ》をかなえる時　60
8　文庫のオープン　75
9　絵本の力　90
10　絵本がつなぐ物語　107
11　種を蒔《ま》きつづけて　138
あとがき――さがしつづけて　151

1　うみべの文庫

港町《みなとまち》

ボォー……。時おりひびくのは、船の汽笛の音。

ニャウニャウ……。カモメの鳴き声も聞こえます。

風にふくまれるのは、潮《しお》のにおい。

ここは、宮城県塩竈市《みやぎけんしおがまし》にある塩釜港《しおがまこう》。

湾《わん》の中には、コンテナを積んだ貨物船や、色あざやかな観光船が行き来しています。一方、道路では護岸工事《ごがんこうじ》の石や土を運ぶ大型トラックが行き来し、家や建物にまじって、空き地もぽつぽつとあります。対岸には漁港と真新しい市場が白く光っています。


塩釜港には、二〇一一年の東日本大震災《ひがしにほんだいしんさい》で、約四メートルの津波《つなみ》が押《お》し寄《よ》せました。湾内からあふれた津波によって、沿岸部《えんがんぶ》は大きな被害《ひがい》を受けました。

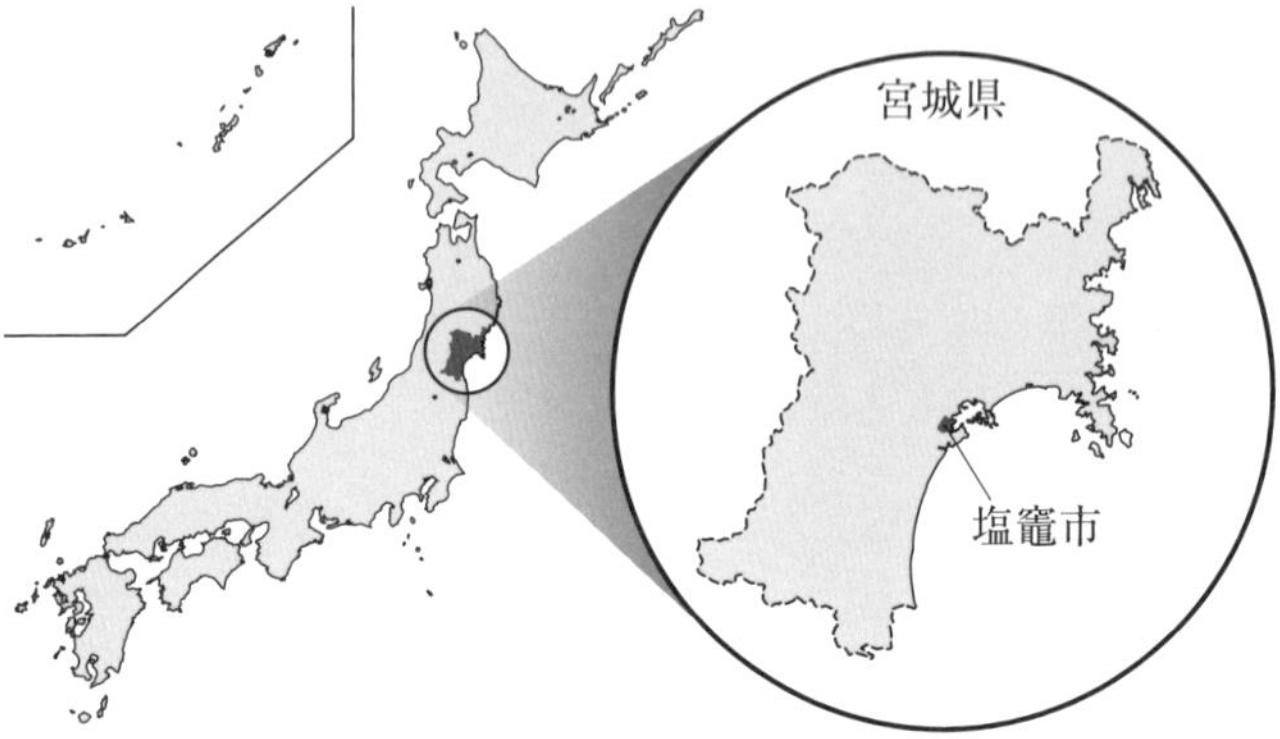

震災《しんさい》から七年以上が過《す》ぎてもなお、復旧《ふっきゅう》の工事がつづいています。

塩釜港には、マリンゲート塩釜という船着き場があります。その、マリンゲート塩釜の前を通る県道に面して、二階建ての建物があります。建物の土台は、強い力で引きちぎられたように、道路からうきあがっています。震災の傷《きず》あとがそのまま残る姿《すがた》とは対照的に、玄関《げんかん》にはかわいらしい看板《かんばん》がかざられています。

建物の名前は、「うみべの文庫」。入り口のドアは、耳がぴんと立った山猫《やまねこ》の絵でふちどられています。どうやら、宮沢賢治《みやざわけんじ》の童話のひとつ、「注文の多い料理店」に出てくる、山猫のレストランをかたどっているようです。

まるで本物の「注文の多い料理店」に入っていくような心持ちでドアを開けると、そこは絵本の世界！　五千冊《さつ》もの絵本、そして、長谷川《はせがわ》ゆきさんの笑顔《えがお》がありました。

山猫のレストランをかたどったドアを開けると、そこは「うみべの文庫」（写真提供／鈴木加寿彦氏）

うみべの文庫

「こんにちは～」

「まあ、おかえりなさい」

文庫には、子どもたちが次々とやって来ます。

それぞれに、貸し出し《かだ》用のバッグから絵本を取り出し、ゆきさんのもとに返しに行きます。ゆきさんは、絵本を受け取りながら話しかけます。

「この間は、この絵本を借りていったのね！　どうだった？」

「うん、おもしろかったよ」

「そう、よかった！」

本を返したあとは、思い思いに文庫の時間を過《す》ごします。

「折り紙をしようかな」

「はい、どうぞ！」

だれかが言い出すと、ゆきさんが、折り紙と折り紙絵本を取り出して渡《わた》します。

小さな子が、折り方がわからなくなって困《こま》っていると、少し大きな子が助け舟《たすぶね》を出してくれます。

「ここはね、こんなふうに折るんだよ」

「ふうん」

そのそばで、いっしょについてきた大人たちはソファーに腰《こし》かけ、自分の好きな本を読んだり、楽しくおしゃべりをしたりしています。

「では、絵本を読みますね」

ゆきさんが、木づくりの椅子《いす》に腰かけると、子どもたちが周りに集まります。読む絵本は、その時の子どもたちの顔ぶれを見ながら選んでいます。

だれもがひきこまれるように、ゆきさんの語りに、耳をかたむけます。最後のページを読み終わり、本を閉《と》じると、ゆきさんは子どもたちと目を合わせながら、にっこりとほほえみます。

読み聞かせが終わると、子どもたちはまた遊びにもどります。

「けん玉をやろう」

「いいよ、何回玉をのせられるか、勝負しよう」

「そ〜れ、一回、二回」

「すごい、すごい！」

折り紙、おはじき、けん玉、将棋《しょうぎ》と、遊ぶものはいろいろそろっています。——文庫にいる間だけでも、ゲームや電子音のするものから離《はな》れてほしい。そして、紙の絵本の手ざわりや色合いを、じっくりと味わってくれますように。

ゆきさんの考えで、文庫の中には、ゲームの持ちこみはしないことになっています。けれども中には、どうしてもゲームがしたくなって、わざわざ文庫の外に出てやり始める子もいます。

「あらまあ、外じゃ寒いでしょう。中に入りなさい。でも、ゲームをするのはちょっとだけにしてね」

ついつい子どもたちに甘《あま》くしてしまうこともありますが、いつもはゲームのかわりに、みんなで昔ながらの遊びを楽しみます。

遊びが終わると、子どもたちは絵本をさがしに本棚《ほんだな》へ行きます。

「長谷川《はせがわ》のおばちゃん、これ読んで」

「いいわよ」

ゆきさんだけでなく、そばにいる大人たちのところへ持って行って、読んでもらうこともあります。家でお母さんやお父さんに読んでもらうように、文庫に来た大人たちに、いつでも絵本を読んでもらうことができるのです。

遊んだり、絵本をさがしたりしながら、ゆきさんと、おしゃべりをして過《す》ごすこともあります。

「最近どんなことがあった?」

「漢字をいっぱい覚えたよ。いっぱい読めるようになったんだ」

「へえ、すごいねえ」

「学校で習っていない漢字も読めるようになったんだ」

「まあ、どんどんできるようになるねえ。でも、もっとゆっくり大きくなってちょうだい!」

ゆきさんは、そう言いながら、目を細めます。

――なんだかわたしは、もうひとりのおばあさんのような存在《そんざい》だわね。

文庫の中は、子どもや大人たちの楽しそうな声につつまれ、安心して過ごすことができる空間が広がっていました。

親子連れでにぎわう文庫（写真提供／日下美奈子氏）

2　すきとほつたほんたうのたべもの

お話につつまれて

「うみべの文庫」を開いた長谷川《はせがわ》ゆきさんは、一九五三年、塩竈市《しおがまし》の海辺の町で生まれました。お父さんは魚の買いつけなどの水産業を、お母さんは酒屋を営《いとな》んでいました。ゆきさんは三人姉妹の長女として、妹たちをひきつれて遊びながら、活発な子ども時代を過《す》ごしました。

酒屋の仕事は毎日忙《いそが》しく、お母さんは、店番やお酒の配達で一日中働いていました。忙しいお母さんにかわってゆきさんたちの世話をしてくれたのが、おばあさんと、お母さんの妹でもあるおばさんたちでした。

おばあさんは、夜寝《ね》る前などに、よく昔話を語ってくれました。けれども、おばあさんが語る「桃太郎《ももたろう》」や「浦島太郎《うらしまたろう》」は、本にのっているような物語そのままというわけではありません。語るたびに、ちょっとずつお話がちがったり、自由にアレンジした物語になったりすることもありました。

「むか～しむか～し、あるところに、ゆき太郎という子どもがおったそうな」

「え～、ゆき太郎？　わたしの名前がついているの？」

おばあさんが語ってくれる昔話の中では、自分が主人公になることもたびたびでした。たとえば、自分が桃太郎になって犬やサルを家来にし、鬼ヶ島《おにがしま》で大活躍《だいかつやく》をすることができるのです。大冒険《だいぼうけん》をした満足感を胸《むね》に眠《ねむ》りにつくのは、何とも言えない幸せな時間でした。

ゆきさんは、絵を見たり、音楽を聴《き》いたり、部屋のすみっこで本を読んだりするのが大好きな女の子になっていきました。お母さんが、「何か欲《ほ》しいものはある？」と聞くと、まっさきに「本が欲しい！」と答えるほどでした。

おばさんたちに仙台《せんだい》の本屋さんへ連れて行ってもらうと、どの本も読みたくなってしまいます。

「どうしよう。この本も、あの本も欲しい」

「困《こま》ったわねえ。全部は買えないのよ。二冊《さつ》だけにしてちょうだいね」

おばさんたちに買ってもらった本を胸にだき、帰りにケーキを食べて家にもどるのが、何よりの楽しみでした。

小学生のころは、「赤毛のアン」や「若草物語《わかくさものがたり》」は大のお気に入りでした。

——アン、わたしにもわかるわ。この気持ち！

「赤毛のアン」を読んでいる時は、主人公のアンと同じ気持ちになって、友人のダイアナや、ライバルのギルバートとの間でハラハラドキドキしたり、胸《むね》をときめかせたりしました。

「若草物語《わかくさものがたり》」を読んでいる時は、個性豊《こせいゆた》かな四人の姉妹に自分を重ねました。

——おだやかな長女のメグ、作家志望《しぼう》で活発な次女のジョー、はずかしがりやで音楽好きな三女のベス、おませで絵がじょうずな四女のエーミー。みんなの中に、わたしがいる！

ゆきさんは、物語の世界で起こる悲しいことも楽しいことも、主人公たちといっしょに味わっていったのです。

すきとほつたほんたうのたべもの

小学五年生になった時のことです。

ゆきさんは、宮沢賢治《みやざわけんじ》の「注文の多い料理店」という短編集《たんぺんしゅう》を手にしました。

本には、「注文の多い料理店」という童話の他に、「やまなし」や「雪渡《ゆきわた》り」といった短い童話が、あわせて十五編《へん》おさめられていました。

表紙を開くと、「序《じょ》」というページが目にとまりました。

――序って何？　どんなことが書いてあるんだろう……。

気になって読みすすめていくと、不思議な文章が書いてあります。


『わたしたちは、氷砂糖《こおりざとう》をほしいくらゐもたないでも、きれいにすきとほつた風をたべ、桃《もも》いろのうつくしい朝の日光をのむことができます。

またわたくしは、はたけや森の中で、ひどいぼろぼろのきものが、いちばんすばらしいびろうどや羅紗《らしゃ》や、宝石《ほうせき》いりのきものに、かはつてゐるのをたびたび見ました。

わたくしは、さういふきれいなたべものやきものをすきです。

これらのわたくしのおはなしは、みんな林や野はらや鉄道線路やらで、虹《にじ》や月あかりからもらつてきたのです。

ほんたうに、かしはばやしの青い夕方を、ひとりで通りかかつたり、十一月の山の風のなかに、ふるへながら立つたりしますと、もうどうしてもこんな気がしてしかたないのです。ほんたうにもう、どうしてもこんなことがあるやうでしかたないといふことを、わたくしはそのとほり書いたまでです。

ですから、これらのなかには、あなたのためになるところもあるでせうし、ただそれつきりのところもあるでせうが、わたくしには、そのみわけがよくつきません。なんのことだか、わけのわからないところもあるでせうが、そんなところは、わたくしにもまた、わけがわからないのです。

けれども、わたくしは、これらのちいさなものがたりの幾《いく》きれかが、おしまひ、あなたのすきとほつたほんたうのたべものになることを、どんなにねがふかわかりません。

大正十二年十二月二十日

宮沢賢治《みやざわけんじ》』

最後まで読み終えた時、ゆきさんは、心がはげしくゆさぶられる感じがしました。

——うわあ、この文章はいったい何？　何か、とても大切なことを言っているような気がする……。

中でも、くり返し読んだ部分がありました。

――「すきとほつたほんたうのたべもの」って、いったいどんなものなんだろう。

そしてそれは、どこにあるんだろう。

その日から、宮沢賢治に強く心をひかれ、賢治の作品を読むようになりました。

――「すきとほつたほんたうのたべもの」は、物語の中にあるのかな？　それとも音楽の中にあるのかしら。もしかしたら、絵の中にかくれているのかもしれないわ。

心をうばわれるような音楽を聴《き》いた時は、耳をすましました。

美しい絵に出会った時も、目をこらしました。

そうしてさがしつづけていると、時々、ハッとすることがあるのです。

――あ、これが、「すきとほつたほんたうのたべもの」かな？　ううん、やっぱり、はっきりとはわからない……。いったい、どこにあるんだろう。

「すきとほつたほんたうのたべもの」は、ゆきさんにとって、つかめそうでつかめないものでした。

それ以来いつも、「すきとほつたほんたうのたべもの」をさがしつづけたのです。

3　おはなしびっくり箱

絵本との出会い

やがてゆきさんは、結婚《けっこん》して、塩竈市《しおがまし》の実家へもどりました。実家の酒屋で店番をしながら、酒箱を持って港町《みなとまち》へ配達して働きました。

子どもが生まれると、毎日、絵本を読んで聞かせるようになりました。

――今度は、どんな絵本を読んであげようかな。図書館に行って、絵本を選んでみよう。

図書館には、まだ読んだこともない絵本がたくさんそろっています。

――うわあ、この絵本は、なんてすてきなんだろう。言葉のリズムも美しいし、絵もていねいに描《か》いてある。言葉と絵のバランスがとても良いわ。

心がひかれる絵本に出会うたびに、とても幸せな気持ちになりました。そして、絵本がいとおしくなりました。ただ、どんなに気に入っても、図書館の絵本は、貸《か》し出《だ》し期間が終わったら返さなければなりません。

――この絵本を、ずっと自分のそばに置いておきたい！

そんな思いが強くなり、図書館から帰る時は本屋さんに立ち寄《よ》って、図書館で気に入った絵本を買い求め、自分の手元に置くようになりました。

そうして、自宅《じたく》の本棚《ほんだな》には、少しずつ絵本が増《ふ》えていきました。

ところがその時期、ゆきさんは、たてつづけに交通事故《こうつうじこ》にあって大けがをしてしまい、足を自由に動かせなくなってしまいます。

――この体では、働くことはできない……。

ゆきさんは、酒屋を閉《と》じることにしました。仕事をやめたとたん、外へ出る機会もなくなり、家の中で過《す》ごす時間が多くなりました。さらに、けがをした首や腰《こし》が痛《いた》み、気持ちまでめいってきます。

――ああ、わたしはこのまま、何もできずにいるだけなのだろうか……。

うつうつとした日々を送っていたある日、知人から電話がありました。

「もしもし。いつも店の前を通って仕事に行っているのだけれど、灯《あか》りが見えないのです。どうかしたのですか？」

ゆきさんは、ハッと目が覚める思いがしました。

――灯りが消えていた？　そんなことにも気がつかなかったなんて……。暗い世界に閉《と》じこもったまま、わたしは、いったい何をしていたのだろう。このままではいけない。でも、どうすればいいの……？

そう考え始めていたころ、図書館に足を運んで絵本を読んでいると、近所の男の子が近づいてきて言いました。

「おばちゃん、これ読んで」

「え、わたしが？」

「うん」

男の子は、こくりとうなずきます。

――ちっちゃな子にたのまれたら、ことわれないわ……。

ゆきさんは絵本を手に、ゆっくりと読み始めました。読み終えて絵本を返すと、男の子は満足そうにほほえみました。本棚《ほんだな》にもどったかと思うと、また別の絵本を持ってゆきさんのもとにやってきます。

「おばちゃん、これも読んで！」

「え、また？　う、うん……、いいわよ」

ゆきさんは、また絵本を読み始めました。すると男の子は、読み終えるとふたたび、ゆきさんのもとに絵本を持ってくるのです。

そんなやり取りを見ていた図書館の職員《しょくいん》から、ゆきさんは声をかけられました。

「良かったら、図書館で読み聞かせをやってみませんか？」

「いいえ、わたしにはできません！」

ゆきさんは、とっさにことわってしまいました。

そのころのゆきさんは、首にコルセットをまき、歩くのにも松葉杖《まつばづえ》が必要でした。自分が生活していくのも大変な状態《じょうたい》で、他のだれかのために読み聞かせをするなど、とても考えられなかったのです。

絵本の読み聞かせ

それからほどなくして、ゆきさんはふたたび、図書館の職員から声をかけられました。

「今度、読み聞かせ講座《こうざ》があるのですが、定員まであとひとりが足りないのです。良かったら、参加してもらえませんか？」

読み聞かせ講座とは、学校や地域《ちいき》で読み聞かせのボランティアをする人を育てるための、勉強会です。週に一度の講座《こうざ》が全部で四回あり、そのたびに図書館に通う必要がありました。

——わたしは、まだ松葉杖《まつばづえ》をついて生活しているのだし、何度も図書館に通うなんてできないわ。

ゆきさんは、すぐにことわりました。

「いいえ、わたしはけっこうです」

「でも、あとひとりで、講座を開くことができるんです。ぜひ、参加してください。お願いします！」

「そんな……」

熱心にたのまれると、いやとは言えません。

「どうしても参加者が足りないのでしたら……」

なりゆきで参加を決めた読み聞かせ講座でしたが、内容《ないよう》はとても充実《じゅうじつ》していました。絵本の読み方から選び方まで、行くたびに、「もっと知りたい」と興味《きょうみ》がわいてきたのです。

——ひと口に絵本といっても、さまざまな種類の絵本があるのね。読み聞かせの仕方の勉強も、初めて知ることばかりでおもしろいわ！

気がつけば、四回の講座のすべてに通っていました。

最終回の講座が終わって帰ろうとした時、参加者のひとりのおばあさんに、声をかけられました。

「帰りにコーヒーをごちそうするから、長谷川《はせがわ》さんも残ってください」

ゆきさんは、おばあさんをふくめた数人でコーヒーを飲みながら、講座のことを楽しくふり返りました。

「読み聞かせ講座は、とても楽しかったわね」

「また参加したいわね」

すると、おばあさんが、ぐっと身を乗り出してこう言ったのです。

「わたしたちで、絵本の読み聞かせグループを作りましょう」

「え？　わたしにはできません！」

ゆきさんは、おどろいて、首を横にふりました。

まだまだ、松葉杖なしでは歩くことができない状態《じょうたい》だったうえに、ゆきさんは人前で話をすることが苦手だったからです。

「まあ、そんなこと言わないで。長谷川《はせがわ》さん、あなたはとりあえず、連絡係《れんらくがかり》をやってちょうだい」

「え〜、わたしにはできません！」

「だいじょうぶ、できますとも。さあさあ、グループの名前を決めましょうよ」

しりごみをするゆきさんにはおかまいなしで、おばあさんは、どんどん話を進めていきます。

そうして、あれよあれよという間に誕生《たんじょう》したのが、読み聞かせグループ「おはなしびっくり箱」でした。二〇〇〇年十月の出来事でした。

おはなしびっくり箱

スタートしたころのおもな活動は、塩竈市民図書館《しおがましみんとしょかん》でのお話し会でした。季節ごとに開いていたお話し会でしたが、回を重ねるごとに、毎月のように開くようになっていきました。

――わたしは、部屋のすみっこで本を読むほうが好きな性格《せいかく》だったのに、まさか人前で読み聞かせをすることになるなんて……。

読み聞かせをしていても、胸《むね》の中はいつも不安でいっぱいです。

しかも、お話し会を明るい感じで始めるには、元気な声で「こんにちは〜！」とあいさつしなければなりません。もともと、人前で話をすることが苦手だったゆきさんにとっては、ハードルの高いことばかりでした。

――絵本の読み聞かせと言っても、ただ読めば良いというものではないわ。絵本の物語を書いた人、絵を描《か》いた人、その人たちが絵本の中にこめたメッセージを、聞いてくれる人にせいいっぱい届けたい。そのためには、どうしたらいいのだろう……。

ゆきさんは、考えつづけました。少しでも聞きとりやすい読み方を学ぼうと、仙《せん》台《だい》にある、声の出し方や表現《ひょうげん》方法を学ぶための学校に入って、勉強をしました。

一方、読み聞かせをしていると、時々、不思議な感覚を覚えることがありました。

――わたしが絵本を読むのに合わせて、みんながうなずいてくれる気配を感じる。かすかなため息も聞こえる。読む人と聞く人の気持ちが、ひたひたと歩みよって、ぴたりと合うような感じがするの。まるで、絵本の力でみんながひとつになるようだわ！

そんな感覚を味わうことができた日は、ゆきさんの胸《むね》は、とても幸せな気持ちで満たされるのでした。

読み聞かせで読む絵本は、毎回、時間をたっぷりとかけて選びました。

――今度のお話し会には、どんな人が集まってくれるかな。会場はどうなっているかな。

聞いてくれる人の顔や、会場の雰囲気《ふんいき》も思いうかべます。

読み聞かせのために選ぶ絵本には、こだわりもありました。

――読み聞かせの時間は、楽しい

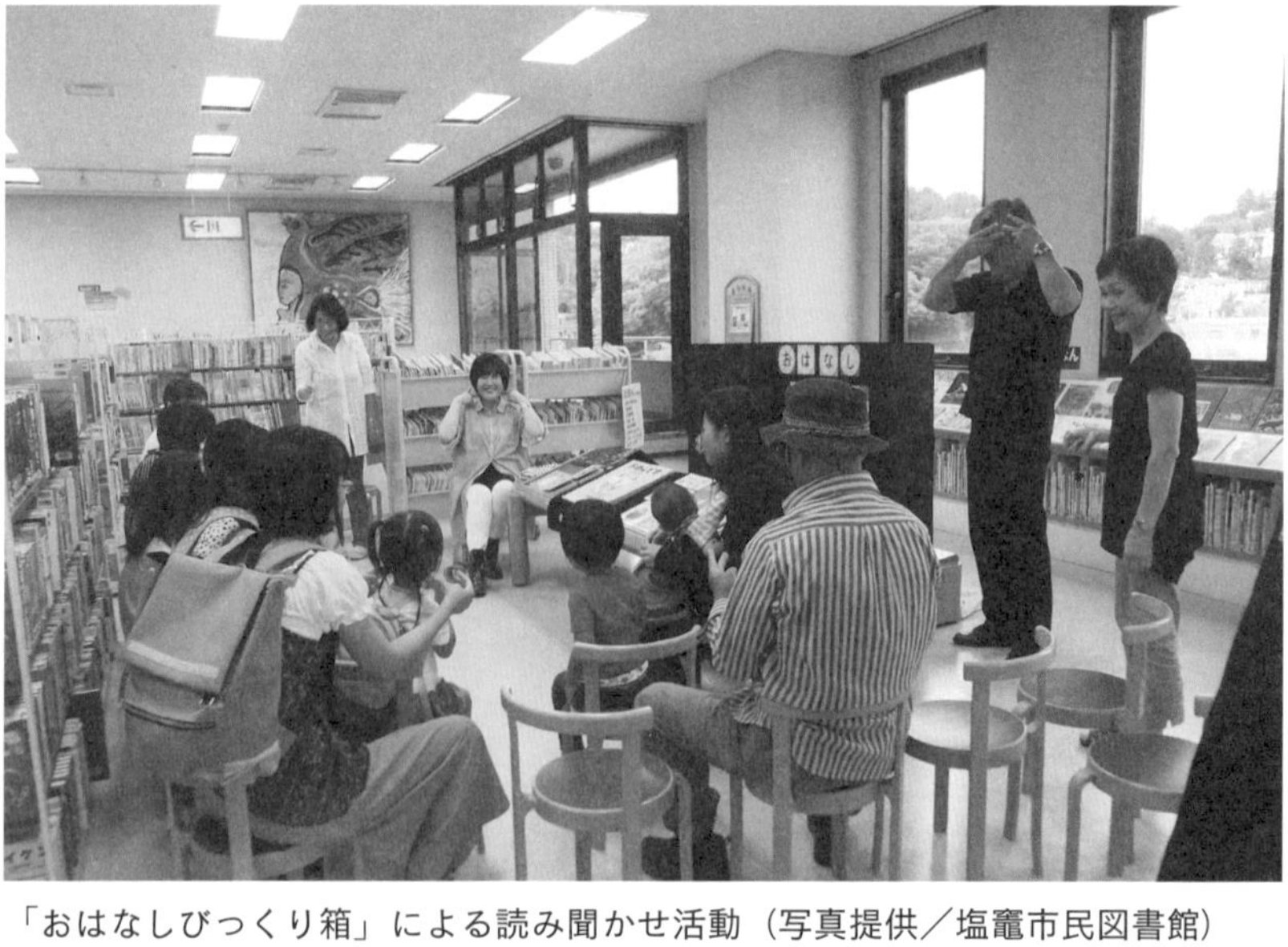

「おはなしびっくり箱」による読み聞かせ活動（写真提供／塩竈市民図書館）

ものであってほしい。だからといって、楽しければなんでも良いというわけではないわ。作者のメッセージを伝えられるような絵本も、意識《いしき》して読んでいきたい。読み聞かせのプログラムを考える時は、楽しい絵本と、作者のメッセージがこめられた絵本を、なるべくバランスよく組み合わせるように工夫《くふう》をしました。

メッセージ性《せい》の強い絵本の次は、笑って頭をほぐすような絵本を読むのです。たとえば、「キャベツくん」という絵本は、奇想天外《きそうてんがい》な物語です。ブタヤマさんに食べられそうになったキャベツくんが、「ぼくを食べると、キャベツになるよ！」と空を指さすと、鼻がキャベツになったブタヤマさんの姿《すがた》があらわれて、ブタヤマさんが「ブギャ！」とおどろくのです。そのあとも、キャベツを三つ連ねたような姿になったヘビや、体がキャベツになったゴリラの姿などが次々と空にあらわれて、そのたびに、ブタヤマさんはびっくりぎょうてん。ゆきさんは、ブタヤマさんになりきって、思いきり声を出して「プギャ！」と読むのです。

また、はらぺこのヘビくんが、リンゴやバナナなど、食べたものの形に体が変わってしまう「はらぺこヘビくん」という絵本も、ヘビくんになりきって、「ぱっくーん！」と大きく口を開けて読むのです。

ゆきさんは、読み聞かせを聞いた人から、こんな質問《しつもん》をされることもありました。

「しっとりとした声かと思えば、明るくはじけた声に、すごみのある声まで、声の調子や読み方は、絵本によって大きく変わるのね。それは、演《えん》じているの？」

「ううん、演じるとかとんでもない。小手先で何をしようとしても、たかが知れているんじゃないかしら。今日このお話を読もうと決めたら、そのお話を本当に届《とど》けたい。それだけを思っているの。それに、読み聞かせって、わたしひとりだけじゃなくて、聞く人の力も合わさって、みんなでいっしょに作る空間じゃないかしら」

もちろん、読み聞かせに行くたびに、反省することもたくさんあります。

──わたしのひとりよがりになってはいなかっただろうか。絵本のメッセージを、ちゃんとみんなに伝えることができたんだろうか。聞いているみんなひとりひとりを、大切にできただろうか。

ゆきさんは、くり返し、自分に問いつづけたのです。

まつお文庫

「おはなしびっくり箱」の活動は、年を追うごとに活発になっていきます。

「今度は、大道具や小道具を作って舞台《ぶたい》を作り、その中に入って絵本を読んでみましょう」

大がかりな舞台のようなものを作って会場に持って行き、絵本を読む活動も始めました。

子どもも大人も、大きな舞台を持って行くと、とても喜んでくれます。しだいに、ほうぼうから声がかかるようになりました。

「子ども会のクリスマス会で、やってください」

「子どもたちのお誕生会《たんじょうかい》でも、やってくれませんか?」

大道具を持って、一日のうちに三か所も回って、読み聞かせの活動をすることもありました。そんな活動が忙《いそが》しくなるにつれ、ゆきさんの胸《むね》の中に、小さな疑問《ぎもん》がめばえ始めます。

――大きな道具を持って行けば、見た目もはなやかで、みんなも喜んでくれる。でも、本当にそれで良いのかしら?

疑問は、しだいにふくらんでいきます。

――イベントなら、楽しさだけでも良いかもしれない。でも、読み聞かせがイベントのようになってしまうのは、どうなんだろう。普段《ふだん》の何げない生活の中で絵本を読むことが、本当は大切なのではないかしら。絵本を読むことが生活の一部として、当たり前のことであってほしい。

そんなある日、ゆきさんは、塩竈市《しおがまし》で開かれた絵本の勉強会に参加しました。

「あ！」

講師《こうし》の松尾福子先生《まつおふくこせんせい》を見るなり、ゆきさんは杖《つえ》をつきながら、先生のもとへけんめいに歩いていきました。

「先生、先生はもしかしたら、高校でお世話になった福子先生ですか？」

「え……？　ああ、思い出したわ。あなたはゆきさんね！」

松尾先生は、ゆきさんが高校生の時の、国語の先生でした。

「また先生にお会いできるなんて、うれしいです！　わたしは今、絵本の読み聞かせの活動をしているのです。今日も、絵本の勉強をしに来たところでした」

「そうだったのね。わたしは高校の教師《きょうし》を七年間つとめたあと、仙台市《せんだいし》の自宅《じたく》を『家庭文庫』として開放しているのですよ。文庫を始めたのは一九七三年だから、もう三十年はたつかしら」

家庭文庫とは、個人《こじん》の家で、手持ちの絵本や本を子どもたちに貸《か》し出《だ》したり、文庫の中で子どもたちと遊んだり、読み聞かせをしたりする活動です。

「長谷川《はせがわ》さん、もしよかったら、うちに遊びにいらっしゃい」

「はい、ぜひうかがいます！」

ゆきさんは、松尾先生にさそわれ、「まつお文庫」をおとずれました。

文庫の中に入ったとたん、ゆきさんの目がかがやきました。

「うわあ、壁《かべ》一面が本棚《ほんだな》になっている！　子どもの本が、天井《てんじょう》までびっしりあるわ！」

松尾先生は、自宅の二部屋を、子どもたち、そして、絵本や本が好きな大人たちのために、開放していました。

文庫に来た子どもたちは、松尾先生や他の大人たちの読み聞かせを聞き、絵本を読んだり、あやとりなどの昔ながらの手遊びをしたり、ビュンビュンゴマを

松尾福子先生

作ったりして遊んでいます。

さらに「まつお文庫」では、年に何度か、童話作家や絵本作家をまねいて、講演《こうえん》会《かい》をしていました。子どもも大人も、自分の好きな本を書いた作家が、どんな気持ちでお話を書いたか、子ども時代をどんなふうに過《す》ごしたかなどのお話を聞くことができるのです。

——松尾先生《まつおせんせい》の開いた文庫は、なんてすてきな空間なんだろう。そうだ！　わたしは、こういうことがしたかったのかもしれない！

ちょうどそのころ、ゆきさんの集めていた絵本も、八百冊《さつ》をこえていました。かつてお酒のびんを並《なら》べていた棚《たな》に絵本を置いて、友人や読み聞かせの仲間たちにも読んでもらっていました。

——わたしが集めてきた大好きな絵本を、たくさんの人に伝えることができたら、どんなに良いだろう。みんなに自分の家のようにくつろいでもらいながら、気軽に絵本を読んでもらえたら……。

ゆきさんは、松尾先生に相談をしました。

「松尾先生、わたしは、家庭文庫を開こうかと思っているのです」

「長谷川《はせがわ》さん、あなたの考えに賛成《さんせい》よ。ただ、今は子どもたちの数も少ないし、塾《じゅく》や習い事でとても忙《いそが》しい生活を送っているの。文庫を開いても、子どもたちがなかなか来てくれなくて、がっかりすることがあるかもしれない。それでも、来てくれた子どもたちに絵本を手渡《てわた》すことは、とても大切なことだと思うのよ。」

「はい！」

ゆきさんは、松尾先生の言葉に、深くうなずきました。

——たとえ、子どもがひとりしか来ない日があっても、わたしは、そのたったひとりのためでもいいから、文庫を開けたい。

ゆきさんは、かつてお店だった自宅《じたく》の一階を、家庭文庫にすることを決めました。

——きちんと目標を定めよう。二〇一一年の夏休みに文庫を開く。そこに向かって準備《じゅんび》を進めよう！

本棚の位置や絵本の分類、本の貸《か》し出《だ》しの方法を決めるなど、やることはたくさんあります。

それでも、カレンダーをめくるたびに、夢《ゆめ》に近づいていくようで、うれしくてたまりませんでした。

4 東日本大震災《ひがしにほんだいしんさい》

三月十一日

文庫のオープンに向けて準備《じゅんび》を進めていた、二〇一一年三月十一日。その日、ゆきさんは足の治療《ちりょう》のため、塩竈市《しおがまし》のとなりにある、多賀城市《たがじょうし》の病院にいました。

時計の針《はり》が午後二時四十六分をまわったその時、診察台《しんさつだい》の上にいたゆきさんは、はげしいゆれに襲《おそ》われました。

ガシャンガシャン！ 診察室の用具がたおれたり、何かが割《わ》れたりする音とともに、建物がギシギシときしみます。ガシャンガシャン！ ギシギシギシ！ ゆれはおさまるどころか、どんどん大きくなっていきます。

ゆきさんは、恐怖《きょうふ》のあまり声も出ません。診察台から体がふり落とされないように、ただただ夢中《むちゅう》でしがみついていました。さらに看護師《かんごし》さんが、ゆきさんが診察台から落ちないように、必死で体をおさえくれました。

はげしいゆれは、数分間もつづきました。やっとゆれがおさまっても、恐怖で体のふるえがとまりません。

看護師さんが、こわばった表情《ひょうじょう》で、ゆきさんを助け起こしました。

「津波警報《つなみけいほう》が出たようです。急いで避難《ひなん》してください」

看護師さんの指示《しじ》で、足の悪い患者《かんじゃ》たちが集められ、病院の近くの避難所へ車で送られることになったのです。

「津波が来る？　わたしの家は？　家族は？」

海からゆきさんの自宅《じたく》までの距離《きょり》は、わずか二百メートルしかありません。避難所へ向かう間、ゆきさんの胸《むね》は、恐怖と不安で張《は》りさけそうでした。

避難先は、多賀城市の体育館でした。何とか避難所へたどり着いたものの、心の休まる時はありません。

「うわあ～！」「キャー！」

くり返す強い余震《よしん》のたびに、体育館のガラスはガシャガシャと不気味な音をたて、避難した人々の間からは悲鳴があがります。

――被害《ひがい》はいったいどの程度《ていど》なの？　わたしは、これからどうしたらいいの？

ゆきさんは、何もわからないまま、じっと恐怖にたえるしかなかったのです。

東北の三月はまだ寒く、体育館の外はまるで吹雪《ふぶき》のように、雪まじりの風が吹《ふ》いていました。暗くなるにつれ、避難所《ひなんじょ》には、ぞくぞくと人が集まってきます。

夜おそくになってから、やっと晩《ばん》ご飯《はん》が配られました。

――え、これだけ？

配られたのは、ひとりに対し、指でつまめるほどの小さなのり巻きが、たったひとつだけ。口に入れて飲みこむと、ほっとするはずが、別の感情がわきあがってきます。

――そうだ、おなかがぺこぺこだったんだ……。

今までご飯のことまで考えがおよばなかったのに、食べ物を口に入れたとたん、空腹だったことを思い出してしまったのです。寒さや恐怖《きょうふ》でくたくたになっているうえに、空腹《くうふく》なのに食べる物がないというのは、とてもつらいことでした。

「いったい、どうなっているんだ！」

「なんとかしろ！」

不安、恐怖、悲しみ、怒《いか》り。みんなの表情《ひょうじょう》が、重苦しいものに変わっていきます。

そのころ、ゆきさんの家族は、市内の避難所をすべて回りながら、ゆきさんをさがしていました。

家族と再会《さいかい》できた時は、もう真夜中になっていました。

「やっと見つけた！　ここにいたのか！」

「ああ、よかった……。みんな、無事だったのね！」

再会のうれしさもつかのま、ゆきさんは、すぐそばで泣いている人がいることに気がつきました。津波《つなみ》で、家族を亡《な》くした人です。

その夜、ゆきさんは、泣きつづける人の背中《せなか》をさすりながら、いっしょに泣くことしかできませんでした。

こうして、胸《むね》が押《お》しつぶされてしまいそうなほどの、恐《おそ》ろしさと悲しみにたえながら、三月十一日の夜がふけていきました。

翌日《よくじつ》、外に出てみると、沿岸部《えんがんぶ》の街は、がれきとヘドロでいっぱいでした。

「う……、何ていやなにおい！」

街の中は、ヘドロのにおいがたちこめています。まるで魚の脂《あぶら》がくさったようなにおいがして、顔をそむけたくなりました。

ゆきさんは家族とともに、がれきとヘドロでいっぱいになった街の中を歩き、やっとのことで自宅《じたく》までたどり着くことができました。

家の前の交差点まで来た時、ゆきさんと家族は、その場にぼうぜんと立ちつくしました。

「え？　あれは何？」

交差点には、四方から押《お》し寄《よ》せた津波《つなみ》で、五十台もの車が大きな山のように積み重なっていたのです。

「家の中は、いったいどうなっているのだろう……」

胸《むな》さわぎを覚えながら家に近づき、中をのぞいたゆきさんは、自分の目をうた

がれきとヘドロでおおわれた塩竈市（写真提供／小川進氏）

がいました。

「ひどい……！」

津波がつきぬけていった一階部分は、壁《かべ》も失われ、鉄筋《てっきん》の柱がむき出しになっていたのです。さらに、柱の間には車がつっこみ、がれきとヘドロであふれかえっていました。

「うそでしょう？　ピアノは？　冷蔵庫《れいぞうこ》は？　わたしの絵本はどこ？」

がれきの間を必死でさがしましたが、津波は、重いピアノも業務用《ぎょうむよう》の大きな冷蔵庫も、すべて押し流していました。

三十年かけてこつこつと集めていた八百十五冊《さつ》の絵本も、あとかたもなく消えていました。

「どうして？　どうして、こんなことになってしまったの？」

ゆきさんは、すぐに現実《げんじつ》を受け入れることができません。結局その日は、家の中に入ることもできず、避難所《ひなんじょ》へもどるしかありませんでした。

体育館の、かたい床《ゆか》の上にしかれたマットレス。見ず知らずの人と、同じ空間の中で暮《く》らさなければならない不自由さ。水もなく、数も少ないトイレ。ろうそくの灯《あか》りだけがたよりの暗い夜。そして、ひっきりなしに聞こえる、子どもたちの泣きさけぶ声や大人たちがすすり泣く声……。

——着るものも住むところもなくなってしまった。これからわたしはどうなってしまうのだろう……。

さらに、震度《しんど》四から五クラスの余震《よしん》が、一日に何度も襲《おそ》います。

——絶《た》え間《ま》のないゆれ！　また大きな地震になったらどうしよう。そして、いったいいつまでこんなゆれがつづくの？　もうかんべんして！

避難所《ひなんじょ》の体育館の中は、大きな余震が来るたびに悲鳴があがり、パニックのようになりました。

心の休まる時のない避難所での暮《く》らしは、それはつらく、苦しいものでした。希望の光さえ見えず、時には、絶望感《ぜつぼうかん》に襲われることもありました。

避難所のお話し会

そんな生活の中でも、あたたかい応援《おうえん》に、ほっとする場面もありました。

「今ある材料だけで作ってきたんだけれど、みなさんに少しでも喜んでもらえれば」

そう言って、体育館のすぐ近くのパン屋さんが、焼きたてのパンをさし入れてくれたのです。甘《あま》い香《かお》りのするパンに、みんなの表《ひょう》情《じょう》がほっとやわらぎました。また、近くの牛丼屋《ぎゅうどんや》さんが、炊《た》き出《だ》しに来てくれたこともありました。

ある日、避難所の職員《しょくいん》の人がゆきさんのそばに来ると、困《こま》った様子で言いました。

「あの……。長谷川《はせがわ》さんは、読み聞かせの活動をしていましたよね。何でもいいので、みなさんにお話でもしていただけないでしょうか」

「え？　こんな状《じょう》況《きょう》でお話をするのですか？」

ゆきさんは、とまどいを感じました。自分自身も被災《ひさい》しているうえに、避難所の中は混乱《こんらん》しています。とても、お話に耳をかたむけられるような状態《じょうたい》ではなかったからです。

――きっと、職員の方も、何とかみんなの心をなぐさめなければと、悩《なや》んでいるのかもしれないわ。でも、手元には絵本もないし、わたしにいったい何ができるのかしら……。そうだ。お話し会で語ろうと思って、覚えていた短いお話があったわ。それに、昔話ならできるかもしれない。

体育館の小さな準備室《じゅんびしつ》で、すき間風にゆれるろうそくの灯りの中、ゆきさんは、周りにいたわずかな人に、覚えていたお話をいっしょうけんめいに語りました。

しかし、避難所《ひなんじょ》の中には、さまざまな感情《かんじょう》がうずまいています。

「こんな時に、何をやっているんだ！」

「うるさい！」

ひどい言葉を投げつけられたり、冷たい目で見られたりすることもありました。

お話を終えて、自分の場所へもどろうとした時のことです。

ひとりのおばあさんが、ゆきさんを追いかけてきて、声をかけてくれました。

「あなたは以前に、春の山にすむ、鹿《しか》の親子のお話をしてくれましたよね。あの時わたしは、ちょっとの間だけでも、つらい現実《げんじつ》を忘《わす》れることができたんですよ」

春の山にすむ、鹿の親子のお話とは、「里の春　山の春」という物語です。まだ春がどんなものかを知らない子鹿が、ぐうぜん山から里におりた時、人間のおじいさんに桜《さくら》の花を角に結んでもらって春を知るという、心あたたまるお話でした。

――ああ、良かった。たったひとりでも、こんな風に感じてくれた人がいたなんて！

避難所の中で、いたたまれない気持ちをかかえていたゆきさんは、おばあさんの言葉に、救われる思いがしました。

やがて電気もつくようになり、避難所に絵本が届《とど》くようになると、絵本の読み聞かせもできるようになりました。夜寝《ね》る前になると、「今日は、何の話をしてくれるの？」などと、声をかけられるようになりました。

こうして、お話し会は、多賀城市《たがじょうし》の避難所を出るまでつづいたのです。

次に移《うつ》った塩竈市《しおがまし》の避難所は、公民館の和室でした。体育館の床《ゆか》とちがって畳《たたみ》もありましたが、小さな和室に、五つの家族がいっしょに暮《く》らすことになりました。

その家族の中にいたのが、高校の先生をしていた小川進《おがわすすむ》先生《せんせい》です。小川先生は自分自身が被災《ひさい》しながらも、被害のひどかった沿岸部《えんがんぶ》へ物資《ぶっし》を届ける活動をしていました。

ある日、小川先生はゆきさんの前で、知人から送られてきた箱を開けました。

「うわあ、すごい！」

ゆきさんは思わず、大きな声をあげてしまいました。箱の中に入っていたのは、たくさんの絵本でした。

ゆきさんは、目をキラキラさせながら絵本を手に取りました。

「ああ、この絵本が好きだったわ。この作家さんの絵本も！　そうそう、この作家さんは、有名になる前の作品にも、とてもすばらしい作品があったんですよ！」

ゆきさんのお話は、とまりません。

「長谷川《はせがわ》さんは、本当に絵本が大好きなんですね」

「ええ。実はわたしには、小さな絵本図書館を開く夢《ゆめ》があったのです。約三十年かけて八百十五冊《さつ》もの絵本を集めてきたのですが、いよいよ夏にオープンという時に、津波《つなみ》ですべて流されてしまって……」

「なるほど、そういうことだったのですか……」

――長谷川さんは、絵本に人生をかけていたんだ。そんな人がこの世にいるとは！

小川先生《おがわせんせい》は、心の底からおどろきました。

絵本を送ってくれた知人に事情《じじょう》を話すと、小川先生は、ゆきさんに絵本を箱ごとさし出しました。

「長谷川さん、この絵本を、ぜひあなたにさしあげたいのです！」

「え？　わたしに？　でも、この絵本は別の避難所《ひなんじょ》へ届《とど》ける予定ではなかったのですか？」

「ええ、でも、わたしの知人も、長谷川さんにさしあげることを了解《りょうかい》してくれたのです」

「本当ですか！　ありがとうございます。ここでまた、絵本を読むことができるなんて、夢のようです！」

ゆきさんは、ため息をもらしながら、それはうれしそうに絵本のページをめくりました。

――長谷川さんのために、もっと何かできることはないだろうか。

小川先生は、しんけんにそう考えていました。

避難所で絵本をゆずられ、喜ぶゆきさん（写真提供／小川進氏）

5　想《おも》いよ、届《とど》け！

一冊《さつ》の絵本から

そのころ東京では、宮城県《みやぎけん》出身の日下美奈子《くさかみなこ》さんが、生まれ故郷《こきょう》でもある被災地《ひさいち》の様子に心をいためていました。

――傷《きず》ついた故郷を応援《おうえん》するために、役に立ちたい。でも、わたしは東京の自宅《じたく》から、なかなか離《はな》れることができない……。こんなわたしでも、何かできることはないだろうか。

そう思いながら過《す》ごしていました。

大震災《だいしんさい》発生から約二か月後の二〇一一年五月、実家のある宮城県に帰省した美奈子さんは、津波《つなみ》で自宅を流されてしまった友人に服などを届《とど》けるため、塩竈市《しおがまし》の避難所《ひなんじょ》をたずねました。

美奈子さんの友人とは、小川先生《おがわせんせい》でした。

避難所を訪れた、日下さん夫妻（左、中央）と小川進先生（右）（写真提供／小川進氏）

いろいろ話をするうちに、小川先生から美奈子さんに相談がありました。

「実は、同じ避難所に、絵本図書館を開く夢《ゆめ》をいだいて八百冊《さつ》近い絵本を集めながら、その絵本を津波で流されてしまった人がいるんだよ。日下さんは確《たし》か、絵本にかかわる仕事をしていたよね。その人の夢を、何とか応援できないだろうか」

美奈子さんは、絵本作家になりたいという夢を持ち、絵本作りの勉強をしていました。

「え？　八百冊もの絵本を、ひとりで集めていたんですか？　本当に絵本が大好きなんですね……。わたしも絵本が大好きです。絵本図書館を作る夢を、ぜひ応援したい……。そうだ、その方に絵本を送るという支援《しえん》はどうでしょう。それなら、東京にいるわたしにも、応援できるかもしれません」

美奈子さんは、どうしたら一番良い形で支援ができるかを考えました。

――お金を寄付《きふ》しても、それが支援したい人に直接《ちょくせつ》届いているかを確かめることはむずかしい。それに、被災地に、自分の手元にある古い絵本を送っても、本当に必要とされている絵本なのかもわからない。同じ絵本や、いたんでいる絵本ばかりが集まる可能性《かのうせい》もある。

支援《しえん》の方法をいろいろ考えた結果、インターネットを使い、全国に絵本の寄付《きふ》を呼《よ》びかけることを思いつきました。

さっそく、美奈子《みなこ》さんは、ゆきさんと連絡《れんらく》を取ることにしました。初めのころは、小川先生《おがわせんせい》が連絡の仲立ちをしてくれました。

「宮城県出身《みやぎけんしゅっしん》の、日下美奈子《くさかみなこ》といいます。ゆきさんのもとに、絵本を送る活動を始めたいのです」

「本当ですか？　とてもありがたいです。でも、多くの人が、着るものや住む家もなくて困《こま》っている時に、絵本の支援《しえん》をいただいても良いのでしょうか」

「もちろん。ぜひ支援をさせてください！　全国に絵本の寄付を呼びかけようと思っているのです。でも、やみくもにいろんな絵本が来ても困りますよね。ウィッシュリスト（欲《ほ》しいものリスト）を作って、その中から選んだ絵本が届《とど》くようにしてはどうでしょう。わたしがリストを作りますから、以前、ゆきさんが集めていた絵本の名前を、教えてもらえませんか？」

ゆきさんは、うれしさと同時に、とまどいも感じていました。

「ええ、たしかに、どんな絵本でも良いというわけではありません。わたしも好きだった絵本を中心に、こだわって集めてきたんです。ただ、絵本のリストもパソコンといっしょに津波《つなみ》で流されてしまって……」

「わかりました。では、思い出した時で良いので、教えてくださいね」

――今まで集めてきた絵本のタイトルは、何と言ったかしら……。

ゆきさんは、絵本のタイトルを思い出そうとしますが、頭の中はまだまだ、つらい現実《げんじつ》のことでいっぱいです。

――避難所での不自由な暮《く》らし、そして、先の見えない毎日。これからどうなっていくかもわからないのに、とても、絵本のことを考えることはできない……。

二〇一一年の六月になると、被害《ひがい》を受けた自宅《じたく》も、どうにか住める状態《じょうたい》まで直すことができました。ゆきさんは家族とともに、避難所《ひなんじょ》から自宅へひっこしました。

そうして生活が落ち着いてくるにつれ、心にも少しずつ余裕《よゆう》が生まれてきました。

――ああ、そう言えば、「たいせつなこと」という絵本が好きだった。普通《ふつう》の生活の中にある、本当に大切なことは何かを、やさしく語りかけてくれる絵本だったわ。

作者のマーガレット・ワイズ・ブラウンが好きで、彼女《かのじょ》の絵本をたくさん集めていたっけ。

――そうそう、クリスマスの絵本もたくさん集めていたわ。オルガンひきのおじいさんと女の子のあたたかい心の通い合いを描《えが》いた、「ゆきのまちかどに」という絵本がとても好きだったっけ。

頭にうかんだ絵本から、美奈子《みなこ》さんへ伝えていきました。

美奈子さんは、ゆきさんから教えてもらった本に、長く読みつがれている絵本などを加えて、ウィッシュリストを作りました。そして、インターネットで全国に呼《よ》びかけました。

「塩竈《しおがま》」に一冊《さつ》から絵本を贈《おく》ろう!

私設《しせつ》絵本図書館オープン目前に津波《つなみ》に襲《おそ》われ、三十年かけて集めてきた絵本八百冊《さつ》を一瞬《いっしゅん》で失った、長谷川《はせがわ》ゆきさん（宮城県《みやぎけん》塩竈市在住《ざいじゅう》）を支援《しえん》するプロジェクトをスタートしました。

現在《げんざい》は、全壊《ぜんかい》したご自宅《じたく》の修復《しゅうふく》が終了《しゅうりょう》し、避難所《ひなんじょ》生活からなんとかご自宅にもどられたところです。

彼女《かのじょ》の夢《ゆめ》、地元の子どもたちの夢だった、私設絵本図書館の再建《さいけん》に向けて、絵本を送るプロジェクトをスタートします。

美奈子さんの呼びかけは、インターネットでまたたく間に、日本中へ広がっていきました。

絵本を寄付《きふ》したいと思った人は、インターネットでウィッシュリストを見ます。その中から、自分が送りたいという本を選び、注文サイトに申しこみます。すると、新品の絵本を、ゆきさんのもとに送ることができるのです。

支援する人にとっても、支援が本当に役に立っているかどうかがよくわかると好《こう》評《ひょう》でした。

絵本にこめられた思い

しばらくすると、ゆきさんのもとに、ダンボールの箱が次々と届《とど》くようになりました。箱は、日を追うごとに積みあがっていきます。

箱を開けたとたんに、ふわっと、新しい紙とインクのにおいがします。真新しい絵本のにおいです。

絵本には、印刷されたメッセージや手紙もそえられています。

〈私《わたし》が、小さい時に読んだ絵本です〉

〈この絵本は、娘《むすめ》たちに読んでやった、思い出の絵本です〉

〈子どもがこの絵本が好きで、いっしょに選びました〉

〈この絵本が、塩竈《しおがま》の子どもたちの心をなぐさめてくれますように〉

中には、手元にあった、新しい絵本を送ってくれた方もいました。

〈この絵本は、なくなった娘が集めていた絵本です。娘が子どもたちのために読もうと思っていた絵本を、長谷川《はせがわ》さんがかわりに、これから塩竈の子どもたちに読んであげてくださいね〉

メッセージや手紙を読むたびに、ゆきさんの胸《むね》は、感謝《かんしゃ》の気持ちでいっぱいになりました。

——これらの絵本一冊一冊《いっさついっさつ》に、それを読んだ人たちの大切な思い出も、こめられているんだわ。送っていただいた絵本には、みなさんの思いが託《たく》されているのかもしれない。

美奈子《みなこ》さんが呼《よ》びかけをしてからわずか三か月の間に、ゆきさんのもとには、八百冊もの絵本が集まりました。

全国から届いた絵本を前に大喜びのゆきさんと息子さん（写真提供／小川進氏）

6　絵本とともに

みんなといっしょなら

このころ、ゆきさんは週に三回、塩竈市《しおがまし》と石巻市《いしのまきし》の仮設住宅《かせつじゅうたく》へ通っていました。お茶会をしたり、物資《ぶっし》や配布物《はいふぶつ》の仕分けや、ぬいものをしたりする作業のお手伝いをしながら、絵本の読み聞かせをするなど、無我夢中《むがむちゅう》で毎日を送っていました。

宮城県《みやぎけん》の海岸部にある石巻市は、宮城県内でも津波《つなみ》による被害《ひがい》がとても大きかった場所です。プレハブの仮設住宅が、広大な敷地《しきち》いっぱいに、びっしりと立ちならんでいました。そこでは、不便な生活にたえながら、先行きの見えない不安や、家族を失った悲しみをかかえている人が、おおぜい暮《く》らしていました。

そんな仮設住宅の集会所で、ゆきさんは、絵本の読み聞かせをつづけていました。ところがある日、車で石巻市に向かっていたところ、復旧工事《ふっきゅうこうじ》の現場《げんば》から帰ってきた車とぶつかって、大けがをしてしまいます。ゆきさんはその他にも、信号待ちで止まっている時に追突《ついとつ》されるなど、何度もけがをしてしまいました。

——こんなことばかりつづくと、神も仏《ほとけ》もないように思ってしまうわ。でも、被災《ひさい》地《ち》では夜も昼もなく復旧工事のトラックが行き来していて、多くの人たちが精神的にもギリギリの生活を送っている。きっと、みんなの心に余裕《よゆう》がなくなっているのだわ。

ゆきさんは、けがが少しでも良くなるとすぐに、お手伝いや読み聞かせのために、石巻市の仮設住宅へ行きました。家を出る時には体にコルセットをまき、痛《いた》み止めの薬を飲んでいくことさえありました。

「あなたは、どうして、そんなにまでして仮設住宅へ行くの？」

体を心配する人から、そんな質問《しつもん》をされることもありました。

「どうしてって聞かれても……」

ゆきさん自身も、仮設住宅で暮《く》らす人たちと同じように、簡単《かんたん》に消えることのない、悲しみと苦しみをかかえていました。それほど、震災《しんさい》の傷《きず》は深いものでした。

──わたしは、絵本を通して、みんなといっしょにいたいの。みんなといっしょなら、わたしも立ちあがることができる。わたしひとりだけでは、とても立ちあがることができないから……。

かけがえのない二冊《さつ》

実は、二〇一一年の大震災《だいしんさい》の時、ゆきさんの手元には、二冊の絵本が残されていました。

たまたま、次の日の読み聞かせのために練習しようと、病院へ行く車の中に置いておいたのです。車は津波《つなみ》をのがれ、中に置いてあった二冊の絵本も無事でした。

絵本は、「やんちゃももたろう」と、「ラヴ・ユー・フォーエバー」でした。

「八百十五冊の絵本が流されてしまったけれど、この二冊だけが助かったんだわ。たった二冊になってしまったけれど、残ってくれて、本当にありがとう！」

ゆきさんは、二冊の絵本を胸《むね》にだきしめました。

「やんちゃももたろう」は、桃太郎《ももたろう》の昔話をもとに、新しく物語を作った絵本でした。おじいさんとおばあさんに甘やかされて、わがままに育ったももたろうが、村人の手におえなくなり、鬼ヶ島《おにがしま》に追放されてしまうという筋書《すじが》きになっています。

「あははは、ももたろうって、こんなにわがままでいいの？」

子どもたちは、ももたろうのやんちゃぶりに大笑いです。ももたろうはいったいどうなってしまうのだろうかとハラハラし、すてきなラストに顔をほころばせました。

「うふふふ、子どもを甘《あま》やかすと、こうなるよね」

笑いながら、自分の子育てのころをなつかしくふり返る大人もいるなど、子どもも大人もいっしょに楽しめる絵本です。

ゆきさんは、まだ避難所《ひなんじょ》に絵本がなかった時や、仮設住宅《かせつじゅうたく》での読み聞かせで、「やんちゃももたろう」を読みました。

「くすくす」「うふふふ」

聞いている人たちの口から、笑い声がもれます。

――よかった！　みなさんが笑っている。つらい現実《げんじつ》がのしかかってくる毎日だけれど、今はこの絵本で、少しでも楽しい気持ちになってもらえますように。

「やんちゃももたろう」は、震災後《しんさいご》の読み聞かせで、大活躍《だいかつやく》をしてくれました。

もう一冊の絵本の「ラヴ・ユー・フォーエバー」は、お母さんが、子どもを胸にだきながらやさしく歌いかける、母と子のきずなを描《えが》いた物語です。

「ラヴ・ユー・フォーエバー」は、震災後に生活が落ち着いてから、ふたたび読むようになりました。

ゆきさんの、心にうったえかけるような語りに、子どもたちは、自分のお母さんの気持ちを思いうかべながら聞き入ります。大人たちは、子どもをいとおしく思う母親の気持ちに自分を重ねて、涙《なみだ》を流しました。

――絵本を読み終えると、みなさんが、まるで心が洗《あら》われたように、気持ちの良い表情《ひょうじょう》に変わるのがわかるわ。読んでよかった……。

津波《つなみ》をのがれて残された、「やんちゃももたろう」と「ラヴ・ユー・フォーエバー」は、ゆきさんにとって、かけがえのない二冊《さつ》となったのです。

津波をのがれて、手元に残った絵本（写真提供／クラシオ）

7　夢《ゆめ》をかなえる時

美奈子《みなこ》さんとゆきさん

ぞくぞくと集まってくる絵本に背中《せなか》を押《お》されるように、ゆきさんは文庫を開く決意を強くします。

大震災《だいしんさい》発生から五か月が経《た》った二〇一一年八月。ゆきさんのもとを美奈子さんがおとずれました。

「はじめまして、日下《くさか》です」

「美奈子さんですね。お会いしたかったわ」

電話やメールでやり取りはしていても、実際《じっさい》に会うのはこのときが初めてでした。

「美奈子さん、これを見てください！」

美奈子さんは、ゆきさんの自宅《じたく》にうずたかく積みあがったダンボールの箱を見て、声をあげました。

「うわあ、すごい！　この箱で絵本が届《とど》いたんですね！」

「ええ、絵本が入ってきたダンボールの箱までありがたくて、捨《す》てることができないでいるの。文庫を開く時は、この箱で、みんなを迎《むか》えるゲートを作ろうかと思っているのよ」

この時、絵本を送ってくれた人は、のべ人数で二百人以上になっていました。

ゆきさんは、絵本を送ってくれた人、そして、メッセージを送ってくれた人、ひとりひとりに、お礼状《れいじょう》も書いていました。

「美奈子さん、みなさんからのメッセージも、ぜひ見てください。こんなに思いをこめて、絵本を送ってくださったの」

「うわあ……。絵本には、それぞれの人の、思い出や願いがこめられているんですね」

美奈子さんは、寄《よ》せられたメッセージを読みながら、胸《むね》が熱くなるのを感じました。

――いよいよ、ここが文庫になるんだ。

部屋を見回すと、床《ゆか》は絵本でいっぱいです。

――家族の協力があるとはいえ、これを全部、ゆきさんが整理しているのね……。

絵本が入って届いたダンボール箱（写真提供／日下美奈子氏）

美奈子さんは、ゆきさんの体が心配になりました。

「オープンまでに、やることはたくさんありますね。大変なお仕事でしょう……」

「ええ。でもね、とっても楽しいの！」

ゆきさんは、目をかがやかせながら、幸せそうに笑います。

ふたりは、これまでの出来事はもちろん、絵本についても話をしました。

「ゆきさん、わたしはこの絵本が大好きなんですよ」

「まあ、うれしい。わたしもこの絵本が大好きなのよ。そういえば、美奈子《みなこ》さんは絵本作家をめざしているのよね？」

「はい。もし、絵本を出版《しゅっぱん》することができたら、一番先に、ゆきさんのところに持ってきますね！」

「ええ、その日を待っていますね！」

ふたりは、時間を忘《わす》れて語り合いました。

最後に、美奈子さんとゆきさんはだき合いました。

「美奈子さんに助けられ、支《ささ》えてもらいました。本当にありがとう」

「わたしも、支援《しえん》させていただいて、ありがとうございました」

あふれる涙《なみだ》が、ふたりのほおを伝います。
美奈子さんは東京へもどると、絵本の写真とともに、絵本を送ってくれた人々に向けて、ゆきさんからあずかったメッセージを届《とど》けました。

みなさんへ
はじめまして、長谷川《はせがわ》ゆきです。
お心のこもった絵本、ありがとうございました。
三月十一日の獰猛《どうもう》、非情《ひじょう》な大津波《おおつなみ》で、もうほんの少しでかないそうだった長年の夢《ゆめ》、小さな小さな絵本図書館が、たった二冊《さつ》の本を残し、すべてが消えてしまいました。（注・三月六日で絵本は八一七冊でした。流れたのは八一五冊になります）
震災《しんさい》では、気が狂《くる》いそうな程《ほど》多くをうしないましたが、避難所《ひなんじょ》での二ヶ月半は多くのことを得、出合いと学びの日々でもありました。
今、この場所に縁《えん》を結んでくださった日下《くさか》さん、小川先生《おがわせんせい》に感謝《かんしゃ》します。
本格的《ほんかくてき》に「読み聞かせ」と向き合い、十年が経《た》ちますが、当初から、読み聞かせは、「種蒔《たねま》き」に似《に》ていると感じております。子どもたちの本離《ばな》れが叫《さけ》ばれて久《ひさ》しいこの時期、たとえ不毛の地であったとしても、いつか芽を出し、根付くことを信じ、できうる限り子どもたちの心を柔《やわ》らかく耕《たがや》し、やさしく、楽しく、あたたかく、「本の種」を蒔《ま》くのが日課のようになっていました。そんな中から、いつか自《じ》宅《たく》で、ゆったり本を楽しめる小さな図書室を開きたいと思うようになりました。きっと恩師《おんし》、松尾先生《まつおせんせい》の真摯《しんし》な活動に影響《えいきょう》されたのだと思います。

一度は流れてしまった夢《ゆめ》に…背中《せなか》を押《お》し、再《ふたた》びチャレンジする機会を与《あた》えて下さいましたみなさんに、心から感謝《かんしゃ》します。本当に、ありがとうございました。

ゆきさんのメッセージに対して、応援《おうえん》の声《こえ》が届きました。

〈絵本が段々《だんだん》と増《ふ》えて良かったですね。少しでも協力できる機会を作っていただき、ありがとうございました〉

〈わが家から贈《おく》らせていただいた絵本たちも、写真で確認《かくにん》することができました。娘《むすめ》といっしょに大喜びしました〉

全国から集まる絵本を前に、ゆきさんは、責任《せきにん》をひしひしと感じていました。

また、遠くから来た人が、被災地《ひさいち》の様子を見に来た途中《とちゅう》で、塩竈市《しおがまし》に立《た》ち寄《よ》っていくこともありました。

「あのう、本を送ったものですけれど、文庫はまだ開いていないんですか?」

そんな言葉をかけられると、「いっこくも早く、文庫を開けなければ」という気持ちが強くなりました。

――わたしは、絵本を通して、みなさんの気持ちを託《たく》されたのかもしれない。もし文庫を開くとしたら、わたし個人《こじん》の文庫ではないわ。本を送ってはげましてくださった、「みなさんの文庫」を開かなければ……!

海外からのはげまし

ゆきさんは、家族の協力を得ながら、鉄骨《てっこつ》だけになってしまった自宅の一階部分を文庫に作り直していきました。

そのころの塩竈市では、建築用《けんちくよう》の材料のほとんどが仮設住宅《かせつじゅうたく》の工事に使われていたため、ガラスや壁《かべ》の材料も、他の県まで行って、たった一枚《まい》からさがさなければなりませんでした。

――壁はこの色にしよう。みなさんに、少しでもくつろいでもらえますように。

壁《かべ》には、目にもやさしい、あわい緑色のペンキをぬることにしました。

ゆきさんが塩竈市《しおがまし》で文庫を開こうとしていることは、雑誌《ざっし》や新聞の記事にも取りあげられ、全国に広く知られるようになっていきました。

そんなある日、美奈子さんからゆきさんへ、うれしいニュースが届《とど》きます。

「アメリカから、文庫のために募金《ぼきん》を役立ててほしいという連絡《れんらく》がきたんですよ」

「え〜、わざわざ、アメリカから？」

思いがけない申し出に、ゆきさんはおどろきます。

「はい、アメリカに住んでいる日本人の家族とその友人が、被災地《ひさいち》のための募金を集めていたそうです。たまたま、ゆきさんを紹介《しょうかい》する新聞記事を見つけ、集めたお金を役立ててほしいと、わたしに連絡を取ってきてくださったのです」

「まあ、そういうことだったの！」

美奈子《みなこ》さんは、ゆきさんに提案《ていあん》しました。

「絵本はすでに二千冊《さつ》近く集まっていますよね。この絵本をおさめるために、本棚《ほんだな》などを支援《しえん》してもらってはどうでしょうか」

美奈子さんとゆきさんが話し合った結果、ゆきさんが選んだ本棚などを、アメリカからインターネットで注文してもらうことになりました。

アメリカからは、「お金を送るだけでなく、被災された方たちの心のケアに長くつながり、地域《ちいき》の人たちのいこいの場の役に立つことができるならうれしいです」と、メッセージが届きました。

緑色の壁の部屋に、白い本棚と赤いソファーが入ると、部屋の中は生き生きとしてきます。

さらに、ゆきさんのもとには、海外の絵本も届くようになりました。

「これは、いったい、どんな物語なのかしら!」

アメリカ在住の方からの支援で届いた、本棚やソファー（写真提供／日下美奈子氏）

ゆきさんは、初めて見る文字に、目を丸くしました。

台湾《たいわん》や中国の漢字、韓国《かんこく》のハングル文字、イギリスやアメリカのアルファベット、中には、アラビア語のような文字で書かれた絵本もあります。

「たとえ言葉はわからなくても、『塩竈《しおがま》の子どもたちのために、この絵本を送りたい』という思いは、絵本からひしひしと伝わってくるわ。文庫で大切に読ませていただきますね！」

ゆきさんは、本棚《ほんだな》の中に、「海外のえほん」のコーナーを作ることにしました。

文庫って何？

文庫を開くためには、他にもやらなければならないことが、たくさんあります。

二千冊《さつ》の本の一冊一冊に、「うみべの文庫」の判《はん》を押《お》す作業は、友人が手伝いに来てくれました。

絵本は、「みんなのえほん」「小さなおともだちのえほん」「クリスマスのえほん」「海外のむかしばなし」など、子どもたちにもわかりやすく分けて、本棚に並《なら》べました。

本棚に絵本はおさまったものの、まだ何かが足りません。

――そうだ。天井《てんじょう》を絵本でいっぱいにしよう！

ゆきさんは、取りはずした絵本のカバーを、家族の手助けをもらいながら、一枚《まい》ずつ両面テープで天井にはりつけていきます。天井が色とりどりの絵本カバーでうめつくされると、部屋の中は一気にはなやかになりました。

――この天井を見あげた時に、「あ、あの絵本を読んだことがある」、「この絵本を読んでみたいな」と、思ってくれますように。

そんな願いもこめた、かざりつけでした。

天井をうめつくす絵本カバー

文庫オープンに向けたチラシも作り、塩竈市内《しおがましない》の学校を通して配布《はいふ》してもらったり、図書館に置いてもらったりもしました。

ところが、オープンに向けて順調に準備《じゅんび》を進めていたゆきさんのもとに、思いもよらない問い合わせが来るようになります。

「あなたはいったい、何をやろうとしているのですか？」

電話をかけてきた人は、なぜか腹《はら》を立てている様子です。

「え？　家庭文庫といって、自宅《じたく》を開放して、子どもたちが絵本を読んで自由に過《す》ごすことができる場所を作ろうとしているのですが……」

「家庭文庫ですって？　暖房《だんぼう》や冷房《れいぼう》のための電気代もかかりますよね。そのうえ、ただで子どもたちに本を貸《か》してあげるなんて、市の図書館がするならわかりますが、個人《こじん》がそんなことをするなんて、おかしいのではありませんか？」

「はあ？　何がおかしいのでしょうか？」

「もしかしたら、何か、他に目的があるのではないですか？　政治《せいじ》に利用するため？　それとも宗教《しゅうきょう》ですか？」

「はあ？」

――どうして、そんなことを言われるのだろう。

ゆきさんは、不思議でなりません。

この頃仙台市《せんだいし》では、松尾福子先生《まつおふくこせんせい》の「まつお文庫」をはじめ、二十軒《けん》近い家庭文庫が活動をしていました。しかし塩竈市では、かつて一軒だけ家庭文庫があったものの、すでに活動は終わっていました。家庭文庫がどういうものかも、ほとんど知られていなかったのです。

――こんな問い合わせが何度もあると、なんだか悲しくなってしまうわ……。

ゆきさんにとって、家庭文庫は、だれかからお礼をもらうことを考えて開くものではなかったからです。

これまでも、県内外の市町村に出向いて読み聞かせをしてきましたが、交通費も謝礼《しゃれい》も、いっさい受け取ったことはありませんでした。

それは、ゆきさんには、中学二年生の時の、忘《わす》れられない体験があったからです。

アンソニー先生の教え

ゆきさんが通っていた仙台市《せんだいし》の中学校には、その当時、「奉仕部《ほうしぶ》つぼみ会」というものがありました。奉仕部では、中学校から仙台市内の病院へ出向き、重い病気で入院している子どもたちといっしょにお話をしたり本を読んだり、文通をしたりする活動をしていました。

奉仕部の活動がある時は、いつも顧問《こもん》の先生の車に乗せてもらって、病院に行っていました。

ある日、顧問の先生の都合が悪く、英会話の先生であるアンソニー先生がいっしょについて行ってくれることになりました。

「今日は車を出せないので、駅からバスに乗って行きましょう」

アンソニー先生について、学校から駅まで歩いて行き、いざバスに乗ろうとした時、アンソニー先生は、片言の日本語で言いました。

「みなさん、バス代は自分で出すんですよ」

「え?」

「うそー! どうして?」

今まで、先生の車に乗って行くのが当たり前と思っていたゆきさんたちは、耳をうたがいました。

アンソニー先生は、そんなゆきさんたちに、きっぱりと言いました。

「あななたちは、ボランティアに行くのですから、そのためのお金を出すのは当然なのです」

――ボランティア？　それって何？

ゆきさんが、初めて聞く言葉でした。

「ボランティアというのは、自分の勉強なのです。自分という人間を一人前にするためにするのですから、そのために、だれかに連れて行ってもらうなんておかしくないですか？」

「自分の勉強？」

その瞬間《しゅんかん》、ゆきさんは、まるで全身に稲妻《いなずま》が走ったような感覚を覚えました。

――わたしが今までやって来た奉仕とは、何だったんだろう。先生に言われるからやる。どこかに、そんな気持ちがあったのではないだろうか。ボランティアとは、自分のためにするもの……！

ゆきさんは大人になるにつれて、ボランティアへの謝礼《しゃれい》として、お金やお菓子《かし》を渡《わた》す場合があることを知りました。

けれども、その時、アンソニー先生から教えられたボランティアの精神《せいしん》は、ゆきさんの心の中に、深く根ざすことになったのです。

ゆきさんは、文庫を開くにあたって、アンソニー先生の教えを、あらためて思い出しました。

——自分の家を家庭文庫として開放し、自由に本を読んでもらい、その中でゆっくりと過《す》ごしてもらうことは、おかしなことでもなんでもないわ。他の人がどう言おうと、わたしはわたしのやり方で、「うみべの文庫」を開こう。

心に強く決めたのでした。

8　文庫のオープン

オープンの日

二〇一二年十一月十三日、「うみべの文庫」オープンの日がやって来ました。

ゆきさんは、ドキドキしながら、開館の時間を待ちました。

――だれも来なかったらどうしよう。ううん、たったひとりでもいい。来てくれた人がひとりでもいたなら、その人にとって良い時間を過ごしてもらおう。

いよいよ、開館の午後一時。

「こんにちは～」

「いらっしゃい！」

ついに、ドアが開きました。

「オープン、おめでとうございます！」

「まあ、ありがとう。うれしいわ」

親子連れが、次から次へとやってきました。花屋さんから届《とど》いた花で、本棚《ほんだな》の上はいっぱいです。みんな、天井《てんじょう》を見あげて口々に歓声《かんせい》をあげています。

「すごいねえ、ここは本当に、絵本の世界だ」

「あ、ぼく、あの絵本を知っているよ」

「あの絵本はおもしろそうだね。ここで借りることができるのかな」

天井《てんじょう》いっぱいにうめつくされた絵本カバーに、みんなは大喜びです。

ゆきさんはその日、三回、読み聞かせをしました。選んだ絵本の一冊《さつ》は、「かみさまからのおくりもの」です。

――歌が得意な子、絵の好きな子、いろんな子がいるでしょう？　何もかもができる子じゃなくていいのよ。みんながそれぞれ、神様から、ちがったおくりものをもらっているの。そのちがったひとつ

文庫オープンの日。お祝いの花がたくさん届いた。（写真提供／日下美奈子氏）

ひとつを大切にしてね。

そんなメッセージをこめて、読みました。

その日、ゆきさんは、絵本の貸《か》し出《だ》しでも大忙《おおいそが》しです。

「この絵本、借りてもいいですか？」

「もちろんです！　ぜひ家に持って帰って、じっくり楽しんでくださいね！」

小学生も、おばあちゃんといっしょに来た小さな子も、気に入った絵本を借りて行きます。赤いソファーにすわって絵本を読んだり、おはじきをして遊んだりする親子もいます。

貸し出し用には、ししゅう入りの、手作りの布製《ぬのせい》バッグが用意してありました。自分の好きな色のバッグを選び、その中に借りた絵本を入れて、家に持ち帰ることができるのです。

用意された四十枚《まい》のバッグは、塩竈市《しおがまし》の仮設住宅《かせつじゅうたく》の手仕事チーム「えぜる」から、お祝いとしていただいたものでした。

――みんなが、たくさん絵本を借りてくれる。良かった！

ゆきさんは、貸し出しノートに記入するのが、うれしくてたまりません。

その日は、五十人もの人が、「うみべの文庫」をおとずれました。

「長谷川《はせがわ》さん、おめでとう！　ついに文庫を開いたのね」

仙台《せんだい》から、「まつお文庫」の松尾先生《まつおせんせい》も、お祝いにかけつけてくれました。

ゆきさんは、しみじみと感じていました。

――避難所《ひなんじょ》で何げなく語った言葉、「小さな絵本図書館を開くのが夢《ゆめ》だった」と語ったその言葉が全国に広まって、一度は消えた夢を実現《じつげん》することができた。言葉には、本当に力があるのかもしれないわ！

そして、これまで支援《しえん》してくれた多くの人に対する感謝《かんしゃ》の気持ちで、胸《むね》がいっぱいになっていました。

人と人をつなぐ場所

美奈子《みなこ》さんは、文庫オープンの日から十一日後の十一月二十四日に、東京から自分の子どもを連れて、ゆきさんのもとをおとずれました。

「おめでとうございます。今日はこれを持ってきました。絵本作家のきむらゆういちさんが仲間に呼《よ》びかけ、被災地《ひさいち》を応援《おうえん》するために作った絵本です」

美奈子さんがさし出したのは、「てをつなごう」という絵本です。きむらゆういちさんのもとで絵本作りを学んでいた美奈子さんは、物語の挿絵《さしえ》を担当《たんとう》していました。

「おめでとう！　美奈子さんも夢に向かってがんばったのね！」

美奈子さんは、ゆきさんに会った時に約束した通り、絵本作家の道を、一歩ずつ歩み始めていたのです。

「では、絵本作家の美奈子先生！　ここに絵本を置きましょうね」

ゆきさんは、絵本作家としての敬意《けいい》をこめて、美奈子さんを「先生」と呼びました。そして、特別のコーナーに、「てをつなごう」を置きました。

ゆきさんはいつも、みんなにぜひ読んでほしい絵本を選んで、「こんげつのおすすめ!!」という

「こんげつのおすすめ!!」コーナー（写真提供／日下美奈子氏）

コーナーに置いていました。

「こんにちは！」

ドアが開いて、小学生や親子連れがやって来ました。

「今日は、できたてほやほやの絵本があるわよ！　今ここに着いたばかりなの。この方が挿絵《さしえ》を描《か》いた絵本なのよ」

「へえ～、すごい！」

ゆきさんが美奈子《みなこ》さんを紹介《しょうかい》すると、子どもたちはさっそく、絵本を手に取って読み始めます。

絵本を読んだり、学校や家の出来事をゆきさんに話したり、楽しそうに過《す》ごす子どもたちの様子をながめながら、美奈子さんは、心からうらやましく思いました。

――ここは、なんてあたたかな空間なんだろう。うちの近くにも、こんな場所があったら、子どもにとっても大人にとっても、どんなにか良いのに。

やがて、小学生の男の子が入ってきたかと思うと、借りた本を返し、どの絵本を借りようか、本棚《ほんだな》をながめはじめました。

「〇〇くん、この絵本もおもしろいわよ」

　ゆきさんは、男の子の顔を見ながら、気に入りそうな絵本をすすめます。

――市や県の図書館は、おおぜいを相手にしているから、ひとりひとりの子どもの顔を見ながら本をすすめるところまでは、なかなかできない。これも、「うみべの文庫」のように、おたがいが近い関係だからできることなのかもしれない。

　美奈子さんは、ゆきさんと子どもたちのやり取りを見ながら、そう感じました。

「うみべの文庫」は、毎週、火曜日と土曜日に開くことに決めてありました。

「本当は、毎日でも開館したいのだけれど……」

　ゆきさんが、美奈子さんにぽつりともらしました。

「ゲームセンターのすみっこに、ひとりでぽつんとたたずむ子を見かけることがあってね。それだけじゃなく、勉強に追われたり、いじめだったり、虐待《ぎゃくたい》を受けたり……。きびしい状況《じょうきょう》に追いこまれている子がいることを、ひしひしと感じているの。そんな子たちが安心できる場所が、社会の中にあって欲《ほ》しい。子どもたちがいつでも文庫に来て、安心して過《す》ごしてくれたらと思っているんだけど……」

　ゆきさん自身も、たび重なるけがのため、体調はいつも良いとは限《かぎ》りません。

「わたしが文庫を開けられるのは、火曜日と土曜日の二日間しかないけれど、その日はいつもここが開いている。そう思って来てくれたら良いなって」

美奈子さんは、ゆきさんが文庫に託《たく》した思いのひとつに、ふれたような気がしていました。

文庫には、子どもだけでなく、大人たちもやって来ます。ゆきさんの他に、読み聞かせ活動をする仲間たちが、絵本を読んでくれることもあります。

画家や詩人、読み聞かせの活動をしている人たち。そして、「ここには何があるのだろう」と、興味《きょうみ》をひかれてたまたま立《た》ち寄《よ》った人まで、さまざまな人たちが文庫に集まって、同じひとつの空間を作るのです。

――「うみべの文庫」は、絵本を通して、人と人との輪を広げる場になっているのかもしれない。

美奈子《みなこ》さんは、しみじみとそう感じていました。

そこはあたたかな場所

「うみべの文庫」を開いてから、ゆきさんは、文庫が予想もしていなかった空間になっていることに気がつきました。

――初めは子どもだけが来るのだと思っていた。でも、いざ開いてみたら、文庫には、子どもと大人が同じくらいの割合《わりあい》で来てくれる。

しかも、見ず知らずの人までが、新聞で見たり、人づてに聞いたりして、ぶらりと立ち寄ってくれるのです。

そうした人たちが、絵本をめくるたびに表情《ひょうじょう》がやわらいでいくのを見ると、ゆきさん自身もいやされるような気持ちになりました。

――絵本は、子どもだけのものではないわ。大人も、絵本を読む間は、ほんのちょっとの間でも現実《げんじつ》を忘《わす》れたり、幸せな気持ちになったりできるのかもしれな

貸し出しの記録や日記を書きとめるゆきさん

い。絵本にはそんな力があるのかしら。

ゆきさんは、文庫を開いた日のことを、日記のようにノートに書きました。子どもや大人が何人来てくれたか。その日に読んだ本の名前や、その日の文庫に対する自分の感想も書きとめたのです。

うみべの文庫は、その日おとずれた人によって、さまざまな場所に変化します。ある日は、絵本を読むための図書館。ある日は、コマや万華鏡《まんげきょう》を作ったりする工作の場。おしゃべりの会になったり、追いかけっこをする場所になったり。そして、大人たちの井戸端会議《いどばたかいぎ》の場になることもあります。

――さあて、今日は、どんな文庫になるのかなあ。

そう思うとゆきさんは、毎回、文庫の日が楽しみでなりませんでした。

ある日、初めて来た人が不思議なことを言いました。

「ここには本がたくさんありますが、本よりもたくさんあるのは、ホスピタリティーですよね」

「え？　どういうことですか？」

ゆきさんは、すぐには言葉の意味が飲みこめませんでした。

辞書には、「ホスピタリティーとは、心のこもったもてなし。あるいは、もてなしの精神《せいしん》」とあります。

——ここにあるホスピタリティーって、いったい何だろう。わたしには、どんなおもてなしができるのだろう。

ゆきさんは、ゆっくり答えをさがしていくことにしたのです。

文庫二歳《さい》のお誕生会《たんじょうかい》

二〇一四年十一月二十四日。「文庫二歳《さい》のお誕生会」が開かれました。

文庫の壁《かべ》は、「うみべの文庫、誕生日おめでとう」の文字でかざられています。

その日は、塩竈市内《しおがましない》からだけでなく、仙台《せんだい》や東京などから、おおぜいの人が文庫をおとずれました。集まった子どもと大人で、小さな部屋がいっぱいになるほどです。

東京からは、日下美奈子《くさかみなこ》さんとともに、絵本作家の大塚健太《おおつかけんた》さんもかけつけてくれました。美奈子さんは、大塚健太さんといっしょに、「はかるのだいすき　はかるくん」という絵本を出版《しゅっぱん》していたのです。

自作絵本を読み聞かせする、絵本作家の大塚謙太さん（写真提供／日下美奈子氏）

絵本の主人公のはかるくんと同じように、小さな青い帽子《ぼうし》を頭にのせた大塚さんが、自身の絵本を読み聞かせすると、「わあ、はかるくんだ！」と、集まった子どもたちは大喜びです。

ゆきさんも、何冊《なんさつ》かの絵本を読みました。

読み聞かせのあとは、美奈子さんによるワークショップです。美奈子さんは、ケーキの絵を描《えが》いたクリスマスカードを準備《じゅんび》してきました。カードを折ると、ケーキが半分になる仕かけがしてあります。

「自分の好きな色を、自由にぬっ

てください。そして、出来あがったカードは、大切な人にあげてくださいね！」

子どもたちは、ケーキをあげたい人を思いうかべながら、黄色や赤色をぬったり、虹《にじ》色にぬり分けたりと、色とりどりのケーキを作りました。

誕生会《たんじょうかい》のしめくくりに、ふたり組の音楽家が、ギターとウクレレを演奏《えんそう》しながら、お祝いのライブショーをしてくれました。知人から「うみべの文庫」の話を聞いて感動し、「ぜひ、お祝いの演奏をさせてください！」と、神奈川県《かながわけん》からわざわざかけつけてくれたのです。

最後は、みんなで「ハッピーバースデートゥーユー」を合唱しました。歌とともに運ばれてきたのは、美奈子さんからのサプライズプレゼントです。

「まあ、クリスマスケーキに子ども用の椅子《いす》まで！　どうしましょう！」

思いがけないクリスマスプレゼントに、ゆきさんはびっくりです。さらに、子どもたちが描いた絵と花束のプレゼントもありました。

「ゆきさん、いつもありがとう。そして、文庫の誕生日おめでとう！」

ゆきさんは、感激《かんげき》のあまり涙ぐんでしまいました。

「みなさん、本当にありがとう。わたしたちが今日という日を迎《むか》えられたのは、みなさんからたくさんのあたたかいお気持ちをいただけたからです。そうして生まれた『うみべの文庫』は、まだ二歳《さい》になったばかり。今日、みなさんにお祝いしていただいて、三年目もがんばろう！　と、あらためて心にちかいました」

そう語るゆきさんを、みんなの拍手《はくしゅ》がつつみます。

実はこの時、ゆきさんは重い病気であることがわかり、しばらくの間入院することになっていました。

「今年のクリスマスはみなさんと過《す》ごすことができません。でも、桜《さくら》の花がさくころには、必ずここに帰ってきます。その日が心から待ち遠しいです。みなさん、今日は本当にありがとうございました」

そう言うと、ゆきさんは、誕生会《たんじょうかい》に来てくれた人たちひとりひとりに、一足早いクリスマスプレゼントを渡《わた》しました。子どもだけでなく、大人まで飛びあがって喜んでいます。その姿《すがた》に、またどっと笑いがおこります。

その日、絵本でつながり、文庫に集まった人々は、だれもが幸せな時間を過ごすことができたのです。

「文庫２歳の誕生会」は、みんなにとって幸せな時間になった。（写真提供／日下美奈子氏）

9　絵本の力

絵本は心の薬

ゆきさんは、読み聞かせをしながら、絵本の持つ力を感じることが、何度もありました。

たとえば、お年寄《としよ》りの施設《しせつ》などでは、絵本を読むたびに、聞いている人たちが泣いてしまうことがあります。ゆきさんは、悲しい雰囲気になってしまったことで、申しわけないような気持ちになってしまうのです。

――どうしよう……。なんだか、悪いことをしちゃったみたい。もうこの絵本は読まないほうが良いのかな。

ところが不思議なことに、「またあの絵本を読んでください」とリクエストされるのです。

――このあいだもしんみりしちゃったし、また、そんなふうになったらいやだな。

それでも、リクエストにこたえようと、いっしょうけんめいに読むと、またみんなが涙《なみだ》を流し、しんみりとした空気で終わるということを、何度かくり返しました。

――まだ……。こんなことで良いのかしら。

そこで、思いきって、施設長さんに聞いてみることにしました。

「あの、みなさんは、本当に絵本を楽しめているのでしょうか？　泣いている方もいるし、なんだか、わたしが悪いことをしているみたいで……」

するという、施設長さんは言いました。

「泣かせてやってください」

「え？」

「心の中にたまっていたものが、絵本がきっかけでどっとあふれ出し、涙を流してすっきりすれば、また新しいものが心に入ってくることができるでしょう。ですから、ぜんぜん悪いことではないのですよ」

――ああ、そういうこともあるのか。絵本には、心の中にたまったものを洗《あら》い流してくれる力もあるんだわ。

施設長さんの言葉は、ゆきさんの心に強く残ったのです。

ゆきさんは、文庫にやって来た子どもたちや大人たちの表情《ひょうじょう》を、注意深く見るようにしました。

――あの子は、ちょっとさびしそうな表情《ひょうじょう》を見せることがある。悲しいことでもあったのかしら。あの子は、どこかイライラしているみたい。学校や家で、何かトラブルでもあったのかしら。

ゆきさんは本棚《ほんだな》の前に行くと、それぞれの子どもたちのために、「良かったら、読んでみない？」と、絵本を選んで手渡《てわた》すのです。

――この子には、ただ単純《たんじゅん》に、クスリと笑える絵本が良いかな。ちょっとのあいだだけでも、現実《げんじつ》のしんどいことを忘《わす》れる時間がありますように。

そんな時は、たとえば、「いいから　いいから」という絵本を選びます。

絵本の中のおじいちゃんは、家にカミナリ様がとつぜんやって来ても、おへそをとられても、「いいから、いいから」とにこにこしています。

読み終えるころには、のほほんとしたおじいちゃんの笑顔《えがお》につられるように、肩《かた》から力がすうっとぬけてしまうのです。

時には、子どもに合わせて、心にそっと寄《よ》りそう絵本や、心をゆさぶってくれる絵本を選ぶこともあります。

――今のこの子には、やさしい気持ちになれる絵本がぴったりくるかもしれない。

あの子には、自分と主人公を重ねることで、魂《たましい》の力がよみがえってくるような絵本がぴったりくるかもしれない。

風邪《かぜ》の人には風邪薬を、おなかが痛《いた》い人には胃腸薬を渡《わた》す薬屋《くすりや》さんのように、その人の顔色や状況《じょうきょう》を見ながら、少しでも元気になれるような絵本を選んで、手渡しました。

絵本を読んだあとの反応《はんのう》は、いろいろです。

「おもしろかったよ」と笑顔になる子もいれば、だまっている子もいます。

――はっきりと口に出さなくても、良いのよ。絵本を読んだあとには、みんなきっと、何かを感じているはずだから。

風邪の時やおなかが痛い時に、じっくりと病気を治すように、ゆきさんは、子どもたちの表情を見ながら、その子に合う絵本をさがして手渡していったのです。

ゆきさんは、春、夏、秋、冬の季節ごとに、絵本をすすめることもありました。

「絵本を読むことで、季節をいっそう豊《ゆた》かに味わえることもあるのよ。そんな絵本を読んでみて」

たとえば、春が近づいてきたころには、「さくら」という絵本をすすめます。

――桜《さくら》を科学的に見るまなざしと、日本人が桜を愛する時のまなざしが、バランス良くぴったり合った本だわ。

ゆきさんは、「さくら」を読むたびに、そう思っていました。

「日本語の美しさと言葉の力、そして、絵の力もすばらしいの。これも、目で読んだだけではわからなくて、ぜひ声に出して読んでみてね。声にすると、もっと何倍もすばらしく感じられる絵本よ！」

冬の寒い日には、「ふゆのゆうがた」という絵本をすすめます。

「冬の寒い夕方に、家でお母さんの帰りを待つ女の子の物語なのよ。お母さんの帰りを待ちわびた女の子が、くもったガラスをこすると、そこからお母さんの姿《すがた》が見えるの。家に近づいてくるお母さんと、女の子の心の通い合いが、とてもあたたかい物語なのよ。美しい絵も、ぜひいっしょに味わってね」

雪の日には、「きらきら」という絵本をすすめます。雪の結《けっ》晶《しょう》の美しい写真を見ながら、「ふしぎだね」、「たべたいね」といった、やさしい詩の言葉を味わうことができます。

――今の子どもたちは、人工的なものに囲まれ、時間に追われるような生活をしているように感じるわ。だからこそ、季節感あふれる絵本や美しい日本語が書かれた絵本を、たっぷりと味わってもらえますように。

そんな願いもこめて、絵本を手渡《てわた》していきました。

「雪って、不思議な形をしているんだね」

「きれいだね。ほんとうに、きらきらなんだね」

「きらきら」を読み終えた子どもたちから、そんな声を聞くと、ゆきさんもうれしくなりました。

――絵本を読む前と読んだあとでは、今まで見ていた風景が、がらりとちがって感じられるんじゃないかしら。そんな絵本に、たくさん出会うことができますように。

ゆきさんは、絵本で心をときほぐし、絵本との出会いを広げながら、絵本と子どもたちをつないでいったのです。

子どもの声の読み聞かせ

ゆきさんは、絵本を声に出して読むことを通して、絵本のもつ力を感じてきました。

読み聞かせに行く時、ゆきさんは必ず、声に出して練習をします。

——今度読み聞かせに行くところは、人数が多いから、遠くにも届《とど》くような声で読んでみようかな。次に行くところは、小さな子どもたちが多いから、ゆっくりと聞きとりやすいように読んでみよう。

たとえ、以前に何度も読んだことがある絵本でも、読み聞かせの場所や人数をイメージしながら、それに合わせた声を出すようにしました。

——この絵本は、はっきりとした声で読むと、メッセージがまっすぐに伝わってくるような気がするわ。反対に、ゆっくり読んでみると、やさしさがいっそうしみこむように感じられるわ。

同じ絵本でも、声の出し方をちょっと変えただけで、まるでちがう絵本のように感じられることがあるのです。

ゆきさんは、文庫の読み聞かせでは、学年が上の子どもたちに、読み聞かせをするようにすすめました。

「小さい子たちのために、おにいちゃん、おねえちゃんの声で絵本を読んであげて」

「え、わたしたちが？」

「そうよ。その椅子《いす》にすわってね」

文庫には、木でできた「読み聞かせの椅子」がありました。ゆきさんをはじめ、読み聞かせをする人は、その椅子にすわることになっています。

「じゃあ、わたしの好きな絵本を読むね」

子どもたちは、思い思いの絵本を手に、椅子に腰《こし》かけます。

子どもがすわると、足がぶらぶらしてしまいますが、読み聞かせの椅子にすわると、ちょっと大人になったような感じがするのです。

いつも遊んでくれているおにいちゃんやおねえちゃんが、読み聞かせの椅子にすわっただけで、「何が始まるんだろう」と、

文庫では小さな子たちのために、おねえちゃんたちが、絵本の読み聞かせをしてくれた。(写真提供／長谷川ゆき氏)

小さな子どもたちの目がかがやきだします。

読み聞かせが始まると、小さな子たちはじっと耳をかたむけ、くいいるように絵本のページを見つめるのです。

――読み聞かせをしている子は、とてもしんけんだわ。自分の好きな絵本を小さな子たちに届《とど》けたいと、それだけを思って読んでいるのね。読んでもらっている小さな子たちも、うれしそうだわ。おにいちゃんやおねえちゃんたちが、自分たちのために、いっしょうけんめいに読んでくれていることが、うれしくてたまらないのね。

ゆきさんにはもうひとつ、子どもたちの表情《ひょうじょう》を見ながら、感じていることがありました。

――小さい子たちは、おにいちゃんやおねえちゃんたちを、あこがれのまなざしで見ているような気がするわ。いつか、おにいちゃんやおねえちゃんたちのように、読み聞かせの椅子《いす》にすわって絵本を読みたいって！

子どもによる絵本の読み聞かせは、大きな子たちと小さな子たちの心をしっかりとつないでくれました。

文庫には、子どもたちに大人気の「夏の夜のこわいお話し会」と「クリスマス会」がありました。こわいお話が大好きな子どもたちにとって、「夏の夜のこわいお話し会」は、ドキドキするイベントのひとつです。

――小さい子たちは、あんまりこわがらせたらかわいそうだから、せなけいこさんの「おばけシリーズ」を読もうかな。ちょっと大きな子のためには、怪談《かいだん》の「耳なし芳一《ほういち》」の本を読もう。この世の中にこわいものがあるって、大事なことよね。

ゆきさんのすごみのある語りに、こわさのあまり泣いてしまう子もいるほどでした。「夏の夜のこわいお話し会」は、「ちょっとこわいお話し会」や

「夏の夜のこわいお話し会」は、毎回大人気（写真提供／長谷川ゆき氏）

「ものすごくこわいお話し会」などのいくつかの段階《だんかい》を用意して、毎回とても盛《も》りあがりました。

「クリスマス会」は、サンタクロースからのプレゼントや、サンタさんへの質問《しつもん》コーナーもあり、子どもたちは大喜びです。

ゆきさんは、文庫の人気イベントでも、意識《いしき》して、子どもの読み聞かせを増《ふ》やすようにしました。

――子どもたちはきっと、宿題で、国語の教科書を音読するように言われているはずだわ。けれども、宿題でやるのではなく、遊びながら絵本を口に出して読んでみたら、またちがった味わい方ができるのではないかしら。そして、みんなの前で声に出して読むことで、自信を持ってもらえたら良いな。

子どもたちは、お話し会の楽しい雰囲気《ふんいき》につつまれながら、おおぜいの前でもリラックスして絵本を読むことができました。

読み聞かせの仕方はいろいろでしたが、ゆきさんは口を出しませんでした。

――ちょっとオーバーな読み方をする子や、声の小さな子もいる。でも、今はそれで良いのよ。まずは、声に出して読んでみようという気持ちを大事にしてあげたい。

「○○ちゃんの読み聞かせは、ていねいに読んでいるところが良かったわよ。□□ちゃんの読み聞かせは、登場人物の気持ちを良く考えていたわね」

必ず、良いところをほめて、はげまします。

ゆきさんは、文庫の中だけでなく、他の場所でのイベントでも、子どもたちに「読み聞かせをしてみたら？」と声をかけました。

塩竈市《しおがまし》には、震災後《しんさいご》にゆきさんたちがかかわって立ちあげた、「シオーモ絵本まつり」という絵本のお祭りがあります。

「シオーモ絵本まつり」は、絵本の読み聞かせや宮沢賢治《みやざわけんじ》の童話にまつわる講演会《こうえんかい》や、塩竈市の昔話のお話し会など、子どもと大人がいっしょに、絵本や物語を楽しむイベントです。

――震災では、いろいろなものを失ってしまったけれども、学んだものや得たものもあったはず。わたしたちは、言葉でつながり、助け合い、心を通わせることができた。震災で学んだ言葉の力を、絵本をキーワードに、たくさんの人に伝えたい。

そんな願いをこめた絵本まつりには、宮沢賢治の作品の中からとった、「シオーモ」という名前がつけられました。

宮沢賢治《みやざわけんじ》は、自分の作品の中で、盛岡《もりおか》を「モーリオ」、仙台《せんだい》を「センダード」、そして、塩竈《しおがま》を「シオーモ」と名づけていました。

「イベントのお話し会の中には、ぜひ、『子どもの声の読み聞かせ』を入れたいのです」

ゆきさんは、子どもたちによる読み聞かせを、「子どもの声の読み聞かせ」と呼《よ》んで、積極的にイベントに取り入れました。

「子どもの声の読み聞かせ」は、大人による読み聞かせに慣《な》れている人たちにとっては、とても新鮮《しんせん》に感じられます。

「子どもに絵本を読んでもらうって、とても心地《ここち》の良いものだね」

「すなおな読み方が、心にひびいてきたよ」

「また聞きたいな。来年もぜひ読んでね」

「子どもの声の読み聞かせ」を聞いた人たちからは、うれしい反響《はんきょう》がありました。

「うん、また読んでみたいな！」

イベントの場で絵本を読むことは、子どもたちの自信にもつながっていったのです。

「よだかの星」の絵本を読む、渡邉悠李くん。「シオーモ絵本まつり」では、「子どもの声の読み聞かせ」も、積極的に取り入れられた。（写真提供／岩正人氏）

朗読劇《ろうどくげき》ごっこ

ゆきさんは時々、子どもたちに、「朗読劇ごっこ」に挑戦《ちょうせん》してもらいました。たとえば、「あらしのよるに」という絵本ならば、登場人物のせりふの部分をみんなで分担して、声に出して読むのです。

「メイはAちゃん。ガブはBちゃん。おばさんは、地の文章を読もうかな」

こうして、一冊《さつ》の本をみんなで読むのは、それは楽しいものです。声に出してせりふを言っているうちに、どんどん登場人物の気持ちになっていくのです。

いつの間にか、メイやガブになりきって、物語の中でいっしょにおどろいたり、喜んだり、悲しんだりしながら、物語を味わっていきました。

登場人物になりきって声を出していると、発見もあります。

「なんだか不思議なの。メイのせりふを声に出してみたら、目で本を読んでいた時と、メイの気持ちが、ちょっとちがって感じたの」

「わたしもだよ。ガブになりきって声に出していたら、ああ、ガブはきっとこんな気持ちだったのかなって感じたんだ。そうしたら、「あらしのよるに」の物語が、今までとちがう物語に思えてきたの」

さらに、メイの役だったAちゃんがガブを、ガブの役だったBちゃんがメイへと、役を交換《こうかん》してみると、声に現《あらわ》れる感情《かんじょう》のニュアンスが変わります。すると、物語全体の印象もびみょうに変わってくるのです。

「おもしろいわね。声には、ちゃんとみんなの個性《こせい》が出るのね」

朗読劇ごっこには、そんな発見もありました。

「はつてんじん」や「じゅげむ」、「まんじゅうこわい」など、落語《らくご》絵本の「朗読劇ごっこ」も大人気でした。

「はつてんじん」は、江戸の町人のお話です。初天神《はつてんじん》のおまいりに行こうとしたお父さんは、おかみさんから、息子《むすこ》の金坊《きんぼう》も連れて行くように言われてしまいます。天神様には出店が並《なら》んでいて、さっそく金坊に「あれ買って、これ買って」とだだをこねられてしまいます。つい口車にのせられて凧《たこ》を買ったところ、いつの間にか金坊よりもお父さんが凧あげに夢中《むちゅう》になっていたという、ゆかいなオチがついています。

お父さんや金坊、おかみさんになったつもりで声に出していくと、落語特有のテンポの良いかけ合いに、気持ちがぐんぐんのってきます。

「あはは！」

「落語っておもしろいね」

子どもたちも大人も、もちろんゆきさんも大笑いです。

「みんなで分担《ぶんたん》して読むと、読んでいる人の性格《せいかく》がにじみ出て、登場人物が生き生きとしてくるのね。ひとりで文字や絵を目で追っていただけでは気づかなかったことに、出会えるのかもしれないわね」

いっしょに声に出して読み合うことで、絵本は、子どもどうし、そして子どもと大人の心をつないでくれたのです。

10　絵本がつなぐ物語

絵本との出会い

文庫には、たくさんの子どもたちがやって来ました。

その中のひとり、田中来泉実《たなかこいずみ》くんは、二〇一二年の文庫オープンの日から通っていました。初めて文庫をおとずれた時はまだ一歳《さい》半で、よちよち歩きをしていました。

来泉実くんのお父さんとお母さんは、仕事の転勤《てんきん》で塩竈市《しおがまし》にひっこしてきたばかりで、まわりには知り合いもあまりいませんでした。

ある日、来泉実くんのお父さんは、地元の新聞で、ゆきさんが自宅《じたく》で絵本図書館を開こうとしていることを知りました。

——絵本図書館か……。絵本というのは、絵と簡単《かんたん》な文章でできた、子ども向けの本のことだよな。

来泉実くんのお父さんは、子どものころに親から読み聞かせをしてもらった経験《けいけん》はなく、どちらかといえば、マンガやテレビばかりを見て育ってきました。

けれども、新聞の記事を読んでいるうちに、興味《きょうみ》がわいてきたのです。

――自宅《じたく》を絵本図書館にするなんて、長谷川《はせがわ》さんは、いったいどんな人なんだろう。

家からも近いし、子どもの遊び場のひとつとして、ためしに行ってみようかな。

そんな軽い気持ちで、来泉実《こいずみ》くんを連れて文庫をおとずれたのでした。

行って見ると、来泉実くんは他の子どもたちとすぐにうちとけ、追いかけっこをしたりしながら、楽しく遊び始めます。

お父さんはといえば、文庫のいごこちの良さにおどろいていました。

――ゆきさんは、だれのこともあたたかく受け入れてくれる。こんな人に会うのは初めてだ。それに文庫にいると、なんだか気持ちが楽になる。

それ以来、来泉実くんはお父さんに連れられて、文庫へ通うようになりました。

物おじしない来泉実くんは、子どもどうしだけでなく、文庫に

田中来泉実くんとお父さん（写真提供／田中誠一氏）

やって来た大人たちとも、どんどんうちとけていきました。

「こいちゃん」

文庫では、親しみをこめて、そう呼《よ》ばれるようになりました。

来泉実くんが文庫で遊んでいる間、お父さんは自然と本棚《ほんだな》の絵本を手に取り、ながめるようになりました。

――へえ、これが絵本か。でも、いったい何が言いたいんだろう。日常《にちじょう》の何げないことを描《えが》いているようだし、マンガとちがって地味な感じだな。

初めて絵本を読んだ時は、特におもしろいとは感じられませんでした。「うみべの文庫」にある絵本の多くは、マンガのような刺激《しげき》の強さや派手《はで》さはなかったからです。

けれども、ゆきさんの読み聞かせを聞いたり、手に取った絵本を読んだりしているうちに、地味に思えていた物語や絵が、心にうったえかけてくるようになりました。

――絵や文章の中にこめられているメッセージは、実はとても大事なことを伝えようとしているのかもしれない。

いつしかお父さんは、手あたりしだいに絵本を読むようになっていたのです。

――この絵本作家さんの絵は、あたたかい感じでとても良いなあ。この絵本は、ワクワクしておもしろい。あの作家さんの新刊《しんかん》が、待ち遠しいな。

気に入った絵本の名前はメモをして、忘《わす》れないようにするほどです。

さらに家で、来泉実《こいずみ》くんへの読み聞かせを楽しむようになりました。

「お父さん、『ラチとライオン』を読んで」

「良いよ。お父さんもこの絵本が大好きなんだ」

弱虫だったラチという男の子が、ライオンのぬいぐるみを支《ささ》えに強くなっていく「ラチとライオン」という絵本は、来泉実くんとお父さんの、大のお気に入りでした。

「お父さん、ジョージったら、チョコレート工場に行っちゃったよ！」

来泉実くんは、好奇心《こうきしん》でいっぱいのおさるのジョージが、仲良しのおじさんといろいろなところへ出かけてはさわぎを起こす、「おさるのジョージ」シリーズも大好きでした。

文庫に来ると、お父さんは、来泉実くんの好きな絵本を本棚《ほんだな》から選び、ゆきさんのもとに持って行きました。

「あの、この絵本を借りることはできますか？」

「もちろん良いですよ！　こいちゃん、おうちで、お父さんにたくさん読んでもらってね」

「はい、たくさん読んでもらいます！」

来泉実くんとお父さんは、文庫から借りた絵本を、ふたりでくり返し読みました。

一方、お父さんが仕事で文庫に行けない日は、来泉実くんはお母さんに連れられて文庫に通うようになりました。

お母さんもお父さんと同じように、子どものころは、絵本よりもマンガを読んで育ってきました。お母さんも文庫に足を運ぶようになると、自然と本棚の絵本に手がのびるようになりました。

「ねえねえ、この絵本読んで」

「ええ、良いわよ」

来泉実くんや他の子にせがまれて、絵本を読んであげるようになりました。

同時に、文庫に来た他の家族とも、親しくなっていきます。

「良かったら、田中さんもいっしょに、読み聞かせをしてみませんか？」

「え、わたしがですか?」

文庫で出会った人から声をかけられ、いつしか来泉実くんのお母さんは、読み聞かせの仕方を学ぶ講座《こうざ》に通うようになっていました。

来泉実《こいずみ》くんは文庫だけでなく、家でも、お父さんとお母さんから、たくさんの絵本を読んでもらうようになりました。

来泉実くんの家族は、絵本を通して、さまざまな人との出会いを広げていったのです。

大の仲良し

来泉実くんの近所には、同じ年ごろの鈴木恵真《すずきえま》ちゃんという女の子が住んでいました。図書館や近所で顔を合わせることがあっても、話をかわすことはありませんでした。

それが、文庫オープンの日に出会うなり、たちまち仲良くなりました。

来泉実くんも恵真ちゃんも、ひとりっ子どうしです。ふたりは、もうひとりのきょうだいのような存在《そんざい》になっていきました。

「まて、まて！」

「や〜い、つかまらないよ〜！」

ふたりは、文庫の本棚《ほんだな》の間を走りながら、追いかけっこをして遊びました。木馬のおもちゃにまたがって遊んだり、おしゃべりをしたり、まるで子犬がじゃれあうようにして遊ぶのです。そんなふたりが、ぴたりと静かになる瞬間《しゅんかん》がありました。

大の仲良し、来泉実くんと恵真ちゃん、そしてゆきさん。（写真提供／鈴木政美氏）

「さあ、絵本を読みますよ」

ゆきさんの読み聞かせが始まると、さっきまでふざけあっていたふたりは、ゆきさんの語りを聞きながら、たちまち絵本の世界にひきこまれていくのです。

読み聞かせが大好きな来泉実《こいずみ》くんと恵真《えま》ちゃんは、ゆきさんだけでなく、少し年上のおにいちゃんやおねえちゃんたちの読み聞かせにも、じっと耳をかたむけるのでした。

恵真ちゃんたちが遊んでいる間、恵真ちゃんのお母さんは、子育てについて、ゆきさんに相談にのってもらいました。

「最近、恵真が夜中にこわい夢《ゆめ》をみるのか、泣いてしまうことがあって困《こま》っているんです」

「それなら、寝《ね》る前にこんな絵本はどう?」

ゆきさんがすすめてくれた絵本は、「ぺネロペ　こわいゆめを　やっつける」でした。魔法《まほう》の粉をふりかけると、主人公のペネロペはこわい夢ではなく、楽しい夢を見ることができるという物語です。

お母さんが恵真ちゃんに読んで聞かせると、不思議と夜泣きはおさまりました。

ある日、活発な恵真ちゃんは、けんかをして友だちを泣かせてしまったことがありました。

文庫に来ても、恵真ちゃんの表情《ひょうじょう》には、くやしさや悲しさがまだ残っています。

「恵真ちゃん、こんな絵本を読んでみたらどう?」

ゆきさんは恵真ちゃんのために、本棚《ほんだな》から、「けんかのきもち」と「ないた」という絵本を選びました。

「けんかのきもち」は、仲良しの友だちとけんかをして負けてしまった男の子のくやしい気持ちと、仲直りするまでの心の変化を描《えが》いた絵本です。

「ないた」は、ころんで泣いた時、けんかをして泣いた時、うれしくて泣いた時、戦争で家を失って泣いている子どもをテレビで見た時、大人が涙《なみだ》をこぼしたのを見た時など、さまざまな「ないた」場面が描かれ、泣くことについて考える絵本でした。

お母さんが絵本を読むと、恵真ちゃんは、じっと絵本を見つめて聞き入ります。

――もしかしたら恵真は、物語に自分の体験を重ねながら、いっしょうけんめいに心の整理をしているのかな。

お母さんは、恵真《えま》ちゃんの表情《ひょうじょう》の変化を見ながら、そう感じていました。

恵真ちゃんは文庫で、来泉実《こいずみ》くんをはじめ、子どもからお年寄《としよ》りまでの年齢《ねんれい》もさまざまな人たちに囲まれ、大きくなっていきました。

恵真ちゃんは四歳《さい》の時に、お父さんの転勤《てんきん》にともない、塩竈市《しおがまし》から遠《とお》く離れた関東地方へとひっこして行きました。

ゆきさんも来泉実くんも、恵真ちゃんが遠くへ行ってしまったことを、さびしく感じていました。

けれども、お父さんの実家のある塩竈市に帰ってくるたびに、恵真ちゃんは、必ず文庫に顔を出してくれます。

「長谷川《はせがわ》のおばちゃ〜ん、こんにちは！」

「恵真ちゃん、おかえり！　今すぐ、こいちゃんに電話してみるわね」

ゆきさんが電話で知らせると、来泉実くんはすぐに文庫へ飛んで来ます。

「恵真ちゃん！」

「こいちゃん！」

「遊ぼう！」

「うん！」

ふたりは以前と同じように、ふざけあったり、おしゃべりをしたりして遊び始めるのです。文庫でともに過《す》ごした時間は、遠く離《はな》れてしまったふたりを、すぐにつないでくれたのです。

恵真ちゃんのお母さんは、文庫に来るたびに、恵真ちゃんの新しい生活の様子をゆきさんに話しました。

「相変わらず活発な子ですけれど、他の子の気持ちを察して、やさしくふるまえる場面も多くなってきたような気がするんです。字を覚えるのも早いし、本を読むのが大好きで、国語も得意なんですよ」

「まあ、よかったわねえ、恵真ちゃん」

ゆきさんは、恵真ちゃんをやさしいまなざしで見つめます。

「うん、本が大好きなの！」

恵真ちゃんは、うれしそうに答えました。

——恵真は、絵本の物語の中で、登場人物といっしょに泣いたり笑ったりしながら、人にはいろいろな気持ちがあることを、少しずつ感じてきたにちがいない。小さいころから絵本をたくさん読んでいると、勉強が得意になるという考え方もあるけれど、恵真《えま》にとって一番大切なのは、他の人の気持ちがわかるようになる、ということかもしれない。「うみべの文庫」に出会うことができて、本当に良かった。

恵真ちゃんのお母さんは、恵真ちゃんの成長を見ながら、そう感じていました。

小学一年生の夏休み、恵真ちゃんは一冊《さつ》の絵本を手に、はりきって文庫にやって来ました。

「今日は、わたしが読み聞かせをするね！」

「え～？　恵真ちゃんが？」

文庫にいた人たちは、目を丸くしました。

「そうだよ、わたしが読むの！」

「へえ、何を読んでもらえるのかな」

「それは楽しみだねえ」

文庫にいた人たちは、にこにこしながら、読み聞かせの椅子《いす》の前で待っています。

まだ体の小さな恵真ちゃんは、椅子によじのぼるようにしてすわりました。

恵真ちゃんが選んだ絵本は、「もこ　もこもこ」です。

空と地面だけの場面が「しーん」という言葉で始まったかと思うと、次のページでは、「もこ」という言葉とともに、地面から何かが盛《も》りあがります。さらに、「もこもこ」、「にょき」と、不思議な絵と言葉がつづいていきます。

「もこもこもこ！」

恵真ちゃんはリズムカルに言葉を声に出していきます。声には、大好きな絵本を

「もこ　もこもこ」をいっしょうけんめいに読む恵真ちゃん（写真提供／鈴木政美氏）

読む喜びがあふれています。

聞いている人たちも、恵真《えま》ちゃんといっしょに、「もこ　もこもこ」の世界を楽しむことができました。

「もこ。おしまい！」

恵真ちゃんが絵本をパタンと閉《と》じると同時に、みんなが拍手《はくしゅ》をしました。

ゆきさんは、目を細めながら言いました。

「ありがとう！　恵真ちゃんに絵本を読んでもらえるなんて、おばちゃんはとってもうれしいわ」

「うん！」

恵真ちゃんは、絵本を胸《むね》にだきしめながら、満足そうにうなずきました。

ゆきさんをはじめ、おにいちゃんやおねえちゃんたちからたくさん読み聞かせをしてもらうあいだに、恵真ちゃんの中には、自分でも読み聞かせをしたいという気持ちが育っていたのです。

恵真ちゃんの心には、ゆきさんが蒔《ま》いた読み聞かせの種が、しっかりと芽吹《めぶ》いていたのです。

もうひとつの家族

一方の来泉実《こいずみ》くんは、二〇一七年に「島の学校」に入学しました。島の学校とは、二〇一五年に、塩竈市《しおがまし》の浦戸諸島《うらとしょとう》にあった小中学校を統合《とうごう》してできた、塩竈市立浦戸小中学校です。

浦戸諸島では、東日本大震災《ひがしにほんだいしんさい》が起きる以前から、子育て世代が島を出て、子どもたちの数が減《へ》っていました。そこで、島以外の子どもも、船に乗って通うことができるようにしたのです。同じ学校の中で、少人数の小学生と中学生がいっしょに勉強することができました。

来泉実くんを島の学校に通わせることについて、お父さんとお母さんは、何度も話し合い、いっしょうけんめいに考えました。

——自然の中でのびのびと育ってほしい。

お父さんたちのそんな願いから、島の学校を選ぶことにしました。

二〇一七年四月、島の学校の入学式の朝、来泉実くんは新しいランドセルを背負《せお》い、ドキドキしながら、マリンゲート塩釜《しおがま》の船着き場に向かいました。

「あ、長谷川《はせがわ》のおばちゃん！」

ゆきさんは、病気で体調が悪い日が多かったにもかかわらず、来泉実《こいずみ》くんの入学を祝うために、わざわざ船着き場まで来てくれたのです。

「こいちゃん、入学おめでとう！　島の学校はきっと楽しいわよ！」

「はい！」

来泉実くんは、ゆきさんが来てくれたことに大喜びです。その様子を見ていた人が、来泉実くんのお父さんにたずねました。

「あの方は、どういう関係の人ですか？」

「長谷川さんは、『うみべの文庫』の……」

そう言いかけて、別な言葉がパッと頭にひらめきました。

「いえ……、家族のような存在《そんざい》です」

お父さんは、そう答えていました。文庫に通って絵本に親しみながら、学校や生活のことも、ゆきさんに相談するようになっていたのです。

——今の学校生活は、テンポが速すぎるように感じるわ。もっとゆっくり、長い時間をかけて見守られながら、子どもたちが育っていくことができますように。

そう考えていたゆきさんは、来泉実くんから、島の学校の様子を聞くことを、とても楽しみにしていました。

「長谷川のおばちゃん！　あのね、学習発表会では、三、四年生が、『木田《きだ》の大タコ』の昔話を朗読《ろうどく》したんです！」

「木田の大タコ」とは、浦戸諸島《うらとしょとう》に伝わる昔話のひとつです。大タコが出て暴《あば》れるため、困《こま》りはてた島の人たちは海にもぐり、大タコの八本の足を一本ずつ切って退治《たいじ》することになりました。最後の足を切るために、ひとりの若者《わかもの》が海にもぐりますが、大タコとともに姿《すがた》を消してしまったというお話です。

「『木田の大タコ』は、おばちゃんも良く知っているわよ。実はね、浦戸諸島は昔話の宝箱《たからばこ》なの」

塩竈市《しおがまし》教育委員会は一九七三年に、浦戸諸島の昔話を「しおがまの昔話」という冊子《さっし》にまとめていました。二〇〇三年には、塩竈市民図書館が昔話の語りのＤＶＤを制作《せいさく》しました。その時、ゆきさんたちおはなしびっくり箱のメンバーが、語り手として協力したのです。

――島の物語を生き生きと語るためには、島の風景や生活の様子を、実際《じっさい》に体験しておきたい。

そう考えたゆきさんたちおはなしびっくり箱のメンバーは、浦戸諸島《うらとしょとう》をおとずれたことがありました。

「浦戸諸島には、ゆかいな話から悲しい話まで、四十話もあっておどろいたのよ。恋人《こいびと》が漁に行かないように、お地蔵様《じぞうさま》を縄《なわ》でしばって願《がん》をかけた女の人のお話は、切なかったわ。島だから飲料水がないので、日照りの時に願かけをする雨降《あめふ》り石の話もあったわね。こいちゃんも三年生になったら、朗読劇《ろうどくげき》ができるのね。おばちゃん、楽しみだわ」

「はい。朗読劇をやりたいです！」

来泉実《こいずみ》くんは、はりきって返事をしました。

文庫に通う子どもたちの中には、来泉実くんといっしょに島の学校に通う子どもたちも数人いて、家族ぐるみで親しくなっていきました。

ゆきさんや文庫を通して知り合った人たちは、来泉実くんの家族にとって、もうひとつの家族のような存在《そんざい》になっていったのです。

文庫のおにいちゃん

来泉実くんと恵真《えま》ちゃんには、八歳《さい》年上の、おにいちゃんのような存在がいました。

渡邉《わたなべ》悠李《ゆり》くんです。

悠李くんの住むアパートは、ゆきさんの家から歩いて数分のところにありました。東日本《ひがしに》大震災《ほんだいしんさい》が発生した時、悠李くんは、まだ小学一年生でした。高台の小学校にいたため津波《つなみ》の被害《ひがい》をのがれましたが、家へもどることができたのは、震災から二日後です。

――車が折り重なっている。くさくてドロドロしたもので、街の中がいっぱいになっちゃった……。

家へもどる時に見た塩竈市《しおがまし》の様子は、決して忘《わす》れることのできない光景として、小学一年生だった悠李くんの心に、深くきざまれたのです。

幸い、住んでいた場所がアパートの二階だったため、震災後も同じ場所で暮《く》らすことができました。

ひとりっ子の悠李くんは、学校が終わると家の中で、お母さんたちが仕事から帰ってくるまでひとりで過《す》ごしていました。お母さんが本好きだったこともあり、市の図書館にもよく通っていました。

ある日、お母さんが悠李《ゆり》くんに言いました。

「図書館で読み聞かせをしてくれている、長谷川《はせがわ》さんのことを知っているよね」

「うん、知っている。読み聞かせも何度か、聞いたことがあるよ」

「図書館でチラシをもらってきたんだけれど、今度、長谷川さんが自宅《じたく》で絵本図書館を開くんだって。すぐ近所だし、お祝いに行ってみようか」

「うん、なんだかおもしろそうだね」

二〇一二年十一月の文庫オープンの日、当時小学三年生だった悠李くんは、お母さんにさそわれ、いっしょに文庫をおとずれたのです。

「オープン、おめでとう！」

「まあ、ありがとう！」

悠李くんは、はにかみながら、ゆきさんにお祝いの小さな花束を渡《わた》しました。

——ここにいると、なんだか安心できる。また来たいな。

あたたかな雰囲気《ふんいき》が気に入った悠李くんは、文庫に通うようになりました。

文庫には、小さな子どもたちがたくさん集まってきます。

「ねえ、折り紙でかぶとを折って」

「ぼくのも！」「わたしにも！」

――もう、うるさいなあ。でも、まあ、良いか。

「今から折るからね、ちゃんと見てるんだよ」

悠李くんは、折り紙が得意だったので、小さい子たちに折り方を教えてあげまし

文庫のおにいちゃん、渡邉悠李くん（左）と来泉実くん（右）（写真提供／田中誠一氏）

た。しだいに、年下の子のめんどうを見てあげるようになりました。

「悠李《ゆり》くんは、まるで文庫のおにいちゃんね」

ゆきさんは、そんな悠李くんをたのもしそうに見つめます。

文庫には、近くの市町村から、ちがう学年の子や初めて見る子もやって来ます。

「どこの学校の子？」

「ぼくは仙台《せんだい》だよ」「わたしは多賀城《たがじょう》から」

仙台も多賀城も、塩竈《しおがま》に比《くら》べると大きな都市で、住んでいる環境《かんきょう》もちがっています。けれども、絵本を読んだり遊んだりしているうちに、すぐにうちとけることができるのです。

「その絵本、おもしろそうだね。読んだら、わたしにも貸して」

「いいよ。読み終わったら、いっしょにけん玉をしない？」

――仙台の子も多賀城の子も、ぼくとぜんぜん変わらないや。

文庫の中では、どこから来たかも年齢《ねんれい》がどうかも、関係ありませんでした。みんなが絵本をきっかけに心を開き、安心して友だちになることができたからです。

よだかの星

小学五年生になった悠李くんは、ある日、お母さんと石巻市《いしのまきし》の復興《ふっこう》イベントに出かけました。イベントのひとつに、劇団員《げきだんいん》の女の人による、絵本の読み聞かせがありました。女の人が読んだのは、宮沢賢治《みやざわけんじ》の「よだかの星」です。

物語は、そのみにくい姿《すがた》から、他の鳥たちにきらわれていたよだかが、鷹《たか》から「名前を変えなければ殺してしまう」と言われてしまう場面から、始まります。

ステージの上で、女の人の語りが始まりました。

「よだかは、実にみにくい鳥です。顔は、ところどころ、味噌《みそ》をつけたようにまだらで、くちばしはひらたくて、耳までさけています……」

悠李くんは、たちまち、語りにひきこまれていきました。

物語はつづいていきます。ふるさとの森を出て行こうとしたよだかは、自分が生きるために、たくさんの虫を食べて命をうばっていることに気づき、胸《むね》がしめつけられます。せめて、太陽のもとへ行かせてほしいと願いますが、太陽からは、星に願いをかなえてもらうようにと、つきはなされてしまいます。

——よだかは、いったいどうなってしまうのだろう……。

悠李《ゆり》くんは、耳をすましました。

物語は、よだかが夜の空へと飛びあがっていく場面にさしかかります。

空を飛んで飛びつづけ、力を失ったよだかは、羽を閉《と》じて地に落ちて行きます。

そして、もうちょっとで、地面に足がつくという時、よだかは、われにかえったように、空へ飛びあがるのです。

女の人は、身ぶり手ぶりをまじえながら、語りました。

「空のなかほどへ来て、よだかはまるで鷲《わし》が熊《くま》を襲《おそ》うときするように、ぶるっとからだをゆすって毛をさかだてました。それからキシキシキシキシキシッと高く高く叫《さけ》びました……」

その瞬間《しゅんかん》、悠李くんはぞくりとしました。

キシキシキシキシキシッ！

よだかの叫ぶ声に、心をぎゅっとわしづかみにされたような感じがしていました。

キシキシキシキシキシッ！

よだかの叫び声が、何度も頭の中によみがえります。

悠李くんは、よだかの叫ぶ声を忘《わす》れることができませんでした。

それからしばらくたった日のこと、文庫に来た悠李くんに、ゆきさんが声をかけました。

「悠李くん、こいちゃんと恵真《えま》ちゃんに、何か読んであげて」

「うん、いいよ」

――どの本にしようかな。

絵本をさがそうとした時、悠李くんの頭に、キシキシキシキシキシッというよだかの叫ぶ声がひびきました。あの日聞いた語りの声が、まざまざとよみがえってきたのです。

――ぼくも、あんな風に、よだかの叫ぶ声を読んでみたい。

悠李くんは、本棚《ほんだな》から一冊《さつ》の絵本を取り、読み聞かせの椅子《いす》に腰《こし》をおろしました。

ゆきさんは、絵本の題名に、思わず目をこらしました。

――まあ、「よだかの星」だわ。声に出して読めば、十五分ぐらいかかる長い物語よ。しかも、まだ三歳《さい》の来泉《こいずみ》実くんと恵真ちゃんにとってはむずかしすぎて、ちんぷんかんぷんかもしれない。でも、悠李くんは、今この本が読みたいのね。わかったわ。読んでみて！

ゆきさんは、悠李《ゆり》くんにすべてをゆだねることにしました。

悠李くんは、恵真《えま》ちゃんと来泉実《こいずみ》くんの前で、夢中《むちゅう》になって絵本を読みました。おどろいたことに、来泉実くんも恵真ちゃんも、体を動かしたり声をあげたりしません。十五分ものあいだ、じっと絵本を見つめ、悠李くんの声に聞き入っていたのです。

そばで見守っていたゆきさんは、まるで奇跡《きせき》を見たように、胸《むね》がいっぱいになりました。

——もしわたしのような大人がこの物語を読んだのなら、たぶん、小さな子たちは最後まで聞いていることはできなかったのではないかしら。読み方がうまいとか、そんなものじゃないわ。子どもどうしだから生まれる、魔法《まほう》のような力があるのかもしれない。

この日の、悠李くんのよだかの星の読み聞かせは、ゆきさんにとって、強く心に残るものとなりました。

——あの時の、悠李くんの絵本を読む様子に、小さい子たちは何かを感じたんじゃないかしら。このお話しがとても好きで、何とか目の前にいる小さい子たちにも読んであげたい。そんな純粋《じゅんすい》な思いが、まっすぐに伝わったのかもしれない。

悠李くんの「よだかの星」は、ゆきさんが、「子どもの声の読み聞かせ」をみんなにすすめようと思った、きっかけのひとつになりました。

悠李くんは、それからも、小さい子たちのために、たくさんの絵本を読み聞かせしました。せがまれて他の絵本も読みましたが、一番のお気に入りは、やはり、「よだかの星」だったのです。

読み聞かせの椅子と、絵本「よだかの星」

たくさんのおくりもの

悠李《ゆり》くんは、文庫の絵本を、手あたりしだいに読みました。気になるタイトルの絵本には、つい手がのびます。ゆきさんから「これも読んでみたら」とすすめられた絵本も読みました。

お母さんの仕事が休みの日は、いっしょに文庫に行きました。

「今日は、この本にしようか」

「うん、これがいい」

ふたりで選んだ絵本を借り、家でいっしょに読みました。

お母さんが仕事で来られない時は、悠李くんがひとりで絵本を選びました。

「お母さん、文庫からこの絵本を借りてきたよ」

「うわあ、ジャッキーの絵本だね。うれしい」

悠李くんは、お母さんが、「くまのがっこう」や「ジャッキーのパンやさん」など、「くまのジャッキー」のシリーズが好きなのを知っていました。

――わざわざ、わたしの好きな絵本を借りてくれたのね。

お母さんは、絵本を通して、悠李くんのさりげないやさしさをうれしく感じていました。

小学六年生になった悠李くんは、ある日、ふと思いつきました。

――これまで、たくさん絵本を読んできたけれど、読むだけじゃなくて、ぼくも物語を書いてみたいな。

書いたお話は、「ふしぎなおさんぽ」です。物語を想像《そうぞう》していると、ワクワクしてきます。挿絵《さしえ》もつけてホッチキスでとじ、製本《せいほん》をしました。ペンネーム（物語を書く時の名前）も書き、帯もつけると、いかにも絵本らしい形になりました。

悠李くんは、絵本を持って、ゆきさんに見せに行きました。

「これ、ぼくが作ったんだよ」

「まあ、悠李くんが書いたのね。どんなお話かしら」

ゆきさんがページをめくっている間、何と言ってくれるか、悠李くんはドキドキです。

物語を読み終えたゆきさんは、にっこりと笑って言いました。

「とってもおもしろかったわよ。小さな子たちにも読んでもらおうね。文庫の貸《か》し出《だ》し絵本にしてもいい？」

「良いよ」

悠李《ゆり》くんは、うれしくてたまりません。自分が作った世界にひとつだけの絵本が、「うみべの文庫」の大切な一冊《さつ》になったのです。

悠李くんのお母さんは、そんな姿《すがた》を見て、しみじみと感じていました。

――ここに来ると、わたしが知らなかった悠李のいろいろな面を見ることができる。悠李は、文庫でいろいろな子どもや大人たちと過《す》ごすことで、少しずつ自信を持つことができるようになったようだ。まるでゆきさんが、悠李自身も知らないでいた、いろいろな引き出しを開けて、その中にたくさんのおくりものをつめこんでくれているみたい。

悠李くんは、二〇一六年三月の小学校卒業と同時に、塩竈市《しおがまし》から少し離《はな》れた、東松島市《ひがしまつしまし》へひっこすことになりました。

文庫では、悠李くんのために、

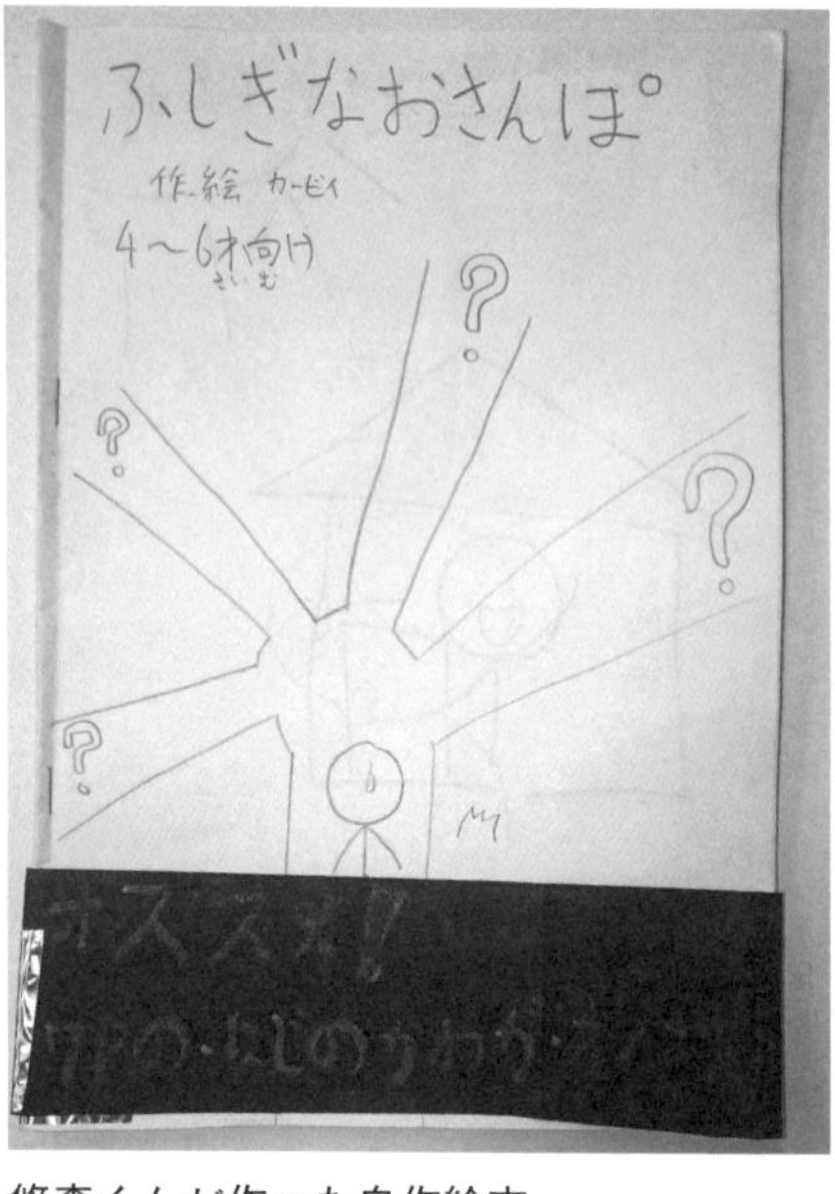

悠李くんが作った自作絵本

お別れ会が開かれました。

お別れ会が終わって、「うみべの文庫」を去ろうという時、悠李くんの頭に、楽しかった思い出がよみがえります。

——こけし職人《しょくにん》さんが文庫に来てくれて、みんなでコマに色をつけて手作りしたのは楽しかったな。万華鏡《まんげきょう》作りをした時は、きれいにできて、とってもうれしかったっけ。絵本をたくさん読んで、いろいろな人と友だちになることもできた。でも、いよいよここと、お別れなんだな……。

悠李くんは、ふっとさびしそうな表情《ひょうじょう》を見せました。ゆきさんは、そんな悠李くんをつつみこむように、やわらかな声で言いました。

「悠李くん、また文庫に来てね。いつでも、ここで待っているから」

——そうだった。ゆきさんは、いつもここで待っていてくれた。

「うん！」

悠李くんは、大きくうなずくと、「うみべの文庫」をあとにしました。

文庫でのたくさんの思い出を胸《むね》に、新たな一歩をふみ出したのです。

11　種を蒔《ま》きつづけて

ふたたび

二〇一八年三月。中学二年生になった悠李《ゆり》くんは、ひさしぶりに「うみべの文庫」をおとずれました。遠くへひっこしたことにくわえ、中学校の部活が忙《いそが》しくなったため、文庫に来ることができたのは二年ぶりです。

「こんにちは」

「わあ、悠李くん、ひさしぶりね！　おかえりなさい！」

元気のなかったゆきさんの顔が、パッと明るくなります。

実は、ゆきさんは病気が重くなっていたため、呼吸《こきゅう》が苦しくなることが多くなっていました。

――絵本を送ってくださった方たちの思いにこたえるためにも、一日でも長く、一回でも多く文庫を開きたい！

そんな願いを胸《むね》に、病気をおして文庫を開いていたのです。

悠李くんとの再会《さいかい》は、体調のすぐれない日々を過《す》ごしていたゆきさんにとって、何よりもうれしい出来事でした。

文庫には、ちょうど来泉実《こいずみ》くんが来ていました。

「こいちゃん、覚えているでしょ？　ほら、悠李くんよ」

「やあ」

中学生になった悠李くんの声は、すっかり大人の声に変わっています。

「えへへ」

来泉実くんは、てれくさそうにうなずきます。

悠李くんがソファーに腰《こし》かけると、来泉実くんもとなりにすわりました。ふたりはいっしょにお菓子《かし》を食べながら、文庫で遊んでいた時と同じように、おはじきで遊び始めました。

ゆきさんは、悠李くんとの再会がうれしくてたまりません。

「本当に大きくなったわね！　悠李くんは、今、どんな本が好きなの？」

悠李くんは、落ち着いた口調で答えます。

「シリーズものが好きです。読みごたえがあるから。あとは、小説とか」

「へえ、小説かあ。悠李くんは、将来《しょうらい》はなりたいものはあるの？」

「う～ん、マンガ家かな」

「え～、どうして？」

「絵を描《か》いたり、物語を作ったりするのが好きなんで」

「ふうん、そうなんだ。あ、これ、覚えている？」

ゆきさんが本棚《ほんだな》の上から、手のひらサイズの手作り絵本を取りました。悠李《ゆり》くんが小学六年生の時に作った、「ふしぎなおさんぽ」です。

ゆきさんは、文庫の一冊《さつ》として、ちゃんと大事に取って置いてくれたのでした。

「うわ～、めちゃはずかしい」

悠李くんは、はにかみながらも自分の作った絵本をめくりました。しだいに、悠李くんの口元がほころんできます。夢中《むちゅう》になって物語を書いていた時の自分を、思い出しているようです。

悠李くんはゆきさんに、中学校での生活についても報告《ほうこく》しました。

「国語の音読で、ほめられるんです。詩の授業《じゅぎょう》で良い評価《ひょうか》をもらえたし」

「音読がじょうずなのね。思い出すわ。悠李くんのよだかの星の読み聞かせは、奇《き》跡《せき》のようだったものね。そうそう、悠李くんはたしか、この絵本じゃなきゃダメだったわよね」

文庫には、出版社《しゅっぱんしゃ》ごとに絵が異《こと》なる「よだかの星」が数冊そろっていました。悠李くんには、「読み聞かせの時は、必ずこの絵本」という一冊があったのです。

「ああ、これだ」

悠李くんは、自分の好きだった絵本を手にして、「読み聞かせの椅子《いす》」にすわってみました。椅子に深く腰《こし》をおろすとぶらぶらしていた足が、今ではしっかりと床《ゆか》につきます。悠李くんは、みんなの前で読み聞かせをした時のことをなぞるように、絵本をめくりました。

それから、絵本を椅子に置くと、かつてそうしていたように本棚の前に行き、絵本を手に取って読み始めました。

「あ、この絵本を読ん

中学２年生になった悠李くん

だっけ。あ、この絵本も……」

悠李《ゆり》くんは、しばらくの間、絵本にすいこまれるようにして読みふけりました。

そんな悠李くんに、ゆきさんが、にっこりとほほえみかけます。

「なつかしい？」

「はい……」

「また文庫に来てね、いつでも待っているから」

「はい、また来ます！」

悠李くんは、あたたかな気持ちを胸《むね》に、「うみべの文庫」をあとにしました。

ゆきさんは、苦しい息を整えながら、悠李くんを見送りました。そして、心の中で祈《いの》りました。

――もしかしたらこの先、もっと大きくなった時に、忙しくて本を読むことから離れる時期があるかもしれない。けれども、何か壁《かべ》にぶつかった時に、昔読んだ絵本や物語が力となってくれるはずよ。苦しい時に、もう一度絵本や物語を読み返すことで、ふたたび主人公とともに、困難《こんなん》をのりこえる体験ができるのではないかしら。きっと、そうなるはずよ！

種を蒔《ま》きつづけて

――一日でも長く、一回でも多く、文庫を開きたい！

そう願い、体調の悪い日も文庫を開いてきたゆきさんでしたが、二〇一八年の五月に、ついに文庫を閉《と》じる決心をしました。病気のために、どうしても文庫をつづけていくことができなくなったからです。

文庫の本は、全国から送られた絵本の他に、ゆきさんが買い足した絵本も加わって、五千冊《さつ》近くになっていました。

ゆきさんは、多くの人の思いがこめられた絵本の行き先が、気がかりでなりませんでした。

――全国のみなさんから、塩竈《しおがま》の子どもたちへと送っていただいた絵本は、やはり、塩竈の子どもたちのために役立ててほしい。絵本に託《たく》されたみなさんの思いをつないでいきたい。

そこで、塩竈市民図書館、さらに塩竈市の学びの支援《しえん》センター「コラソン」に、絵本を贈《おく》ることにしたのです。

支援センターの名前である「コラソン corazon」とは、ポルトガル語で「心、魂《たましい》」という意味です。コラソンは、学校へ通うことができない不登校の子どもたちを支援《しえん》するために作られた施設《しせつ》です。震災後《しんさいご》の塩竈市《しおがまし》では、不登校の子どもたちが増加《ぞうか》する傾向《けいこう》にありました。

「不登校の子どもたちにこそ、美しい日本語や力のある物語にふれてほしいと思います。そして、子どもたちが読み聞かせに親しみ、やがて老人福祉施設などで自分たちも読み聞かせをするようになってくれますように。声に出して感情《かんじょう》を表現《ひょうげん》することで、生きる力を育んでくれますように」

ゆきさんは、そんな願いをこめて、コラソンへ絵本を贈《おく》ることを決めたのです。

二〇一八年五月七日。うみべの文庫で、塩竈市への絵本の贈呈式《ぞうていしき》と、文庫の閉館《へいかん》式《しき》が行われました。

この日のために、ゆきさんは、入院していた病院から一時帰宅をしていました。車椅子《くるまいす》にすわり酸素《さんそ》を吸入《きゅうにゅう》しながらも、集まった人たちを、いつものように笑顔《えがお》で迎《むか》えました。すぐそばで、家族がいっしょうけんめいに、ゆきさんを支《ささ》えてくれます。

また、東京からかけつけた日下美奈子《くさかみなこ》さんをはじめ、各地からやってきた友人たち、そして塩竈市の市長さんも、ゆきさんへの感謝《かんしゃ》の気持ちを伝えるために文庫をおとずれていました。

「たくさん良い絵本があって、選ぶのはむずかしかったのですが……、みなさんに一番最初にふれてほしいと思って、この一冊《さつ》を選びました」

初めに、コラソンの子どもたち代表の中学生ふたりに、ゆきさんから一冊の本が手渡《てわた》されました。「ぼくはあるいた　まっすぐ　まっすぐ」という絵本です。

物語は、男の子が、おばあちゃんから電話を受ける場面から始まります。「まっすぐにあるいていらっしゃい」と言われたとおり、前をふさぐ川を渡り、高い丘《おか》をのりこえながら、まっすぐにおばあちゃんのもとへ歩いて行くという物語です。

――これからの人生で、もしかしたら寄《よ》り道をしたり、困難《こんなん》に出会った

文庫閉館の日、祈りをこめて、中学生たちに絵本を手渡すゆきさん

りすることもあるかもしれない。みなさんが、自分の力で困難をのりこえながら、人生の道をまっすぐに歩くことができますように！　そして絵本が、いつも、みなさんに寄りそってくれますように！

そんな祈《いの》りをこめて、絵本を手渡《てわた》したのです。

「ありがとうございます！」

中学生たちは、さっそく肩《かた》を寄せ合いながら、「どんな物語かな」と、絵本のページをめくり始めます。

ゆきさんは、これから子どもたちにつないでいく絵本たちを、まぶしそうに見つめました。

まるで、大事な絵本たちをお嫁《よめ》に出すようなさびしさを感じていたからです。同時に、絵本たちが新しい場所でかがやくことを、祝ってあげたい気持ちもあったからです。

ゆきさんへの言いつくせない感謝《かんしゃ》の気持ちと、文庫とのお別れのさびしさもあって、集まった人たちの目には、涙《なみだ》がうかんでいました。

けれども、ゆきさんは、せいいっぱいの笑顔《えがお》で言いました。

「どうか、しんみりしないで。楽しい気持ちで、今日の日を過《す》ごしてくださいね」

テーブルには、お菓子《かし》が用意されていました。さらに、おはなしびっくり箱のメンバーが、落語《らくご》絵本「じゅげむ」の朗読劇《ろうどくげき》を熱演《ねつえん》しました。おいしいお菓子と楽しいお話に、集まった人たちの表情《ひょうじょう》がやわらいでいきます。

「うみべの文庫」は、いつも通りのあたたかい空気が満ちていました。

最後に、ゆきさんが、一冊《さつ》の絵本を読み聞かせすることになりました。

「わたしの力は本当に小さくて、ただただ、みなさんへの深い感謝《かんしゃ》の気持ちしかありません。今日は、読み聞かせを聞きたいという要望におこたえして、『花さき山』を読もうと思います」

「花さき山」は、ゆきさんが二十年以上も読みつづけてきた絵本です。また、震災《しんさい》後《ご》に「読んで欲《ほ》しい」と何度もリクエストされるようになった、大切な絵本です。

物語の主人公は、あやという名の少女です。

お祭りのごちそうに使う山菜をとりに、山へ行ったあやは、山奥《やまおく》でやまんばに出会います。ふもとを見ると、あたりいちめんに、美しい花がさきみだれています。

やまんばは、あやに言いました。

「この花は、山のふもとの人間が、やさしいことをひとつすると、ひとつさく。おまえの足もとの赤い花、それは、おまえがさかせた花だ」

あやは、妹のそよのために、祭りの晴着《はれぎ》をがまんしていました。自分のことよりも妹を大事にした、いっしょうけんめいの思いやり。花さき山の花は、やさしい人間の涙《なみだ》から生まれるという物語です。

ゆきさんが「花さき山」を読むと、子どもたちは、自分よりも他の人を大事にしようとするあやの強さとやさしさを、自分にあてはめるように、じっと聞き入ります。大人たちは、涙を流しながら、耳をかたむけるのです。

「この絵本は何度読んでも、いつも初めてのお話のようにかがやくのです。力のある物語と絵をもう一度味わいながら、みなさんにも、この本に新しく出会ってほしいと思います」

ゆきさんは、ゆっくりと「花さき山」の絵本を読み始めました。

実はこの日、ゆきさんは、息をするのもやっとのため、酸素《さんそ》を吸入《きゅうにゅう》していました。それにもかかわらず、やまんばやあやの気持ちを伝えるため、そして、聞いてくれる人たちひとりひとりを大事に思いながら、心をこめて読んでいきました。

本当のやさしさ……。そのために流す、悲しく、強く、美しい涙の花……。

その場にいた人たちには、あやのさかせる花が一輪、また一輪とさいていく様子が見えるようです。

ゆきさんは、絵本を読み終えると、何度も肩《かた》で息をしてから、声をふりしぼるように言いました。

「最後の『花さき山』を、みなさんといっしょに読むことができて、幸せでした。ありがとうございます」

会場に集まった人々も、拍手《はくしゅ》をしながら深くうなずきました。同じ空間でいっしょに絵本を味わう幸せを、かみしめることができたからでした。

この日、文庫のオープンに深くかかわった美奈子《みなこ》さんは、ゆきさんに別れを告げたあと、マリンゲート塩釜《しおがま》から、うみべの文庫をしみじみとふり返りました。

――わたしは、塩竈《しおがま》に本を送るきっかけを作ったかもしれません。でも、あの場所で五年半の間、絵本を通して人々をつなぎつづけたのは、ゆきさんの力です。ゆきさん、あなたを尊敬《そんけい》しています。

ボォー……。時おりひびくのは、船の汽笛の音。

ニャウニャウ……。カモメの鳴き声も聞こえます。

風にふくまれるのは、潮《しお》のにおい。

そこは、宮城県塩竈市《みやぎけんしおがまし》にある港町《みなとまち》。

「うみべの文庫」は、あたたかい笑顔《えがお》と絵本の力で人と人をつなぐ場所でした。

「うみべの文庫」が絵本を通してつないだ人の輪は、これからも広がりつづけ、蒔《ま》かれた種は、いつかどこかで芽を出し、伸《の》びていくにちがいありません。

追記：長谷川《はせがわ》ゆきさんは、二〇一八年六月八日、天国へ旅立たれました。心よりご冥福《めいふく》をお祈《いの》りいたします。

長谷川ゆきさん（写真提供／クラシオ）

あとがき――さがしつづけて

私《わたし》が長谷川ゆきさんに出会ったのは、二〇一七年の七月でした。出会った瞬間《しゅんかん》、あたたかい人柄《ひとがら》と、絵本に対する思いの深さにひきつけられてしまいました。

「うみべの文庫」に入るとまず、天井《てんじょう》いっぱいの絵本カバーに目がいきます。ゆきさんのあふれる思いが、光となってふりそそいでくるように感じました。

私は、文庫の中にあった、二つの文章にとても心がひかれました。

ひとつは、ゆきさんが文庫のオープンの日に寄《よ》せて書いた文章です。入り口の壁《かべ》にはってあった文章の最後に、こう書いてありました。

「うみべの文庫」は文字通り、塩竈の海のすぐそばにある、小さな小さな絵本図書館です。でも、ここには、日本中のみなさんのあたたかいやさしさがあふれています。そして、言葉の力、絵本の力に支《ささ》えられています。たんたんと変わりゆくもの。また、どうしようもない大きな力で無残にも変わらざるを得ないもの。そして、何があっても変わらないもの……。震災《しんさい》を経《へ》て、みんなの力でこの文庫をオープンできました。これからも絵本を通して「変わらないもの」を子どもたちに届《とど》けていきたいとオープンの朝、心にしっかりと刻《きざ》みました。

この文章の中の言葉が気になり、私《わたし》はゆきさんにたずねました。

「たんたんと変わりゆくもの、どうしようもない大きな力で変わらざるを得ないものとは、大震災《だいしんさい》のことでしょうか」

「そうね。震災から七年が過《す》ぎようとしていて、いっけん、道路がきれいに舗装《ほそう》されたり、新しく住宅《じゅうたく》ができたり、良いニュースもたくさんあるの。でも本当にそうかしら。きれいに整っていても、被災地《ひさいち》には、心の奥《おく》で涙《なみだ》を流している人が、まだまだたくさんいるの。変わらざるをえなかったもの、少しずつ変わっていったもの、そんな中にも、『何があっても変わらないもの』があるのかもしれないわね」

「その……、『何があっても変わらないもの』とは何でしょう」

するとゆきさんは、しばらく考えてからこう言いました

「なんだろう……。もしかしたら、『人間とはすばらしい』ということかしら」

たくさんの人の思いを託《たく》されて、文庫を作ることができたこと。そして、文庫で

新しい出会いがたくさんあり、絵本を通して人々がつながっていったこと。そうしたひとつひとつのことが、ゆきさんにとっては、奇跡《きせき》のように感じられてならなかったと言います。

ゆきさんの実感がこもった言葉に、ハッとさせられました。

もうひとつの文章は、「注文の多い料理店」の序《じょ》の文です。ゆきさんは、大きなパネルにして、いつも文庫の中にかざっていました。

「この、ほんたうにすきとほつた食べ物って、いったい何なのでしょう」

私の問いに、やはりしばらく考えこんでから、ゆきさんはこう答えてくれました。

「う〜ん、なんだろうね。わかりそうだと思っても、やっぱりちがっていたり……。いつまで経《た》ってもわからないわ。でも、答えはあまり簡単《かんたん》につかんでしまうと、手ばなすのも早い。わからないからこそ、ずっとさがしたり、追い求めたりするん

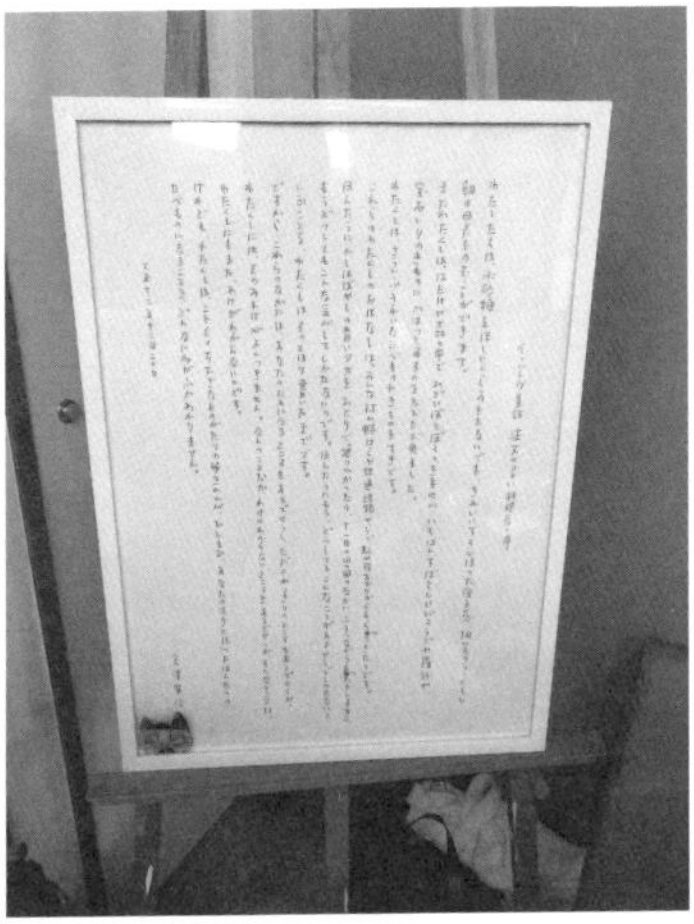

ゆきさんは「注文の多い料理店」の序の文を、パネルにして、いつも見えるところに置いていた。

じゃないかしら。そして、簡単《かんたん》にはつかむことができないものだからこそ、あこがれや思いがあって、いつか、近づけるようにと願って、そうして生きていくのかしら」

その時から、「何があっても変わらないもの」、そして「ほんたうにすきとほつた食べ物」とは何なのかを、私《わたし》もゆきさんと同じように長い時間をかけて、さがしつづけたいと思うようになりました。

「絵本の読み聞かせは種を蒔《ま》くこと」という言葉も、心に残りました。

私は、悠李《ゆり》くんや来泉《こいずみ》実くん、恵真《えま》ちゃん、そして、文庫で知り合った人々のお話を聞きながら、ゆきさんの蒔きつづけた種が芽吹《めぶ》きつつあることを、はっきりと感じています。芽を出した種はやがて花をさかせ、そこからこぼれた種が、また芽吹いていくにちがいありません。

私が文庫に行くようになったころのゆきさんは、体調のすぐれない日が多かったように感じます。息をするのもやっとの姿《すがた》を、何度も目のあたりにしました。けれども、どんなに体調が悪くても、文庫を開けたとたんに力がわいたように、おとずれる人びとを笑顔《えがお》であたたかく迎《むか》えてくれるのです。

「どうして、そんなにまでして文庫を開けるのですか？」

思わずそう聞いてしまった時、ゆきさんはこう答えました。

「わたしは、何も特別なものは持っていない、普通《ふつう》のおばさんなの。もともとは、人前で絵本を読むなんて、考えられないような性格《せいかく》だった。それが今ではみんなの前で、『絵本ってすてきなんだよ』とお話しできるの。たぶん、絵本の力や言葉の力が、わたしにそうさせてくれるのかもしれないわ」

絵本の力、言葉の力とは何なのか……。私も、これからずっと、さがしつづけたいと思っています。

そして、絵本の力に出会いながら、まっすぐに人生の道を歩み、本当のやさしさがさかせる花に、たくさん出会いたいと願っています。


貴重なお話を聞かせてくださった、長谷川《はせがわ》ゆきさん、日下美奈子《くさかみなこ》さん、小川進《おがわすすむ》さん、田中来泉実《たなかこいずみ》くん、田中誠一《たなかせいいち》さん、田中智恵《たなかともえ》さん、鈴木恵真《すずきえま》ちゃん、鈴木政美《すずきまさみ》さん、渡邉悠李《わたなべゆり》くん、渡邉浩江《わたなべひろえ》さん、柴田奈津子《しばたなつこ》さん、青木真澄《あおきますみ》さん、そしてたくさんのお力添えをいただきました、文研出版の太田征宏《おおたゆきひろ》さんに心より感謝《かんしゃ》いたします。

塩竈《しおがま》市《し》民《みん》図《と》書館《しょかん》の絵本の部屋、そしてコラソンにて、「うみべの文庫」の絵本は、
人と人をつなぎつづけています。

二〇一八年十二月　堀米　薫

塩竈市立図書館の絵本の部屋

コラソン

◆この本に出てきた本
「赤毛のアン」作：モンゴメリ
「若草物語」作：L．M．オルコット
「注文の多い料理店」作：宮沢賢治
「耳なし芳一」作：小泉八雲
「里の春　山の春」作：新実南吉
「しおがまの昔話」制作：塩竈市教育委員会

◆この本に出てきた絵本
＊「キャベツくん」作・絵：長新太　文研出版
＊「はらぺこヘビくん」作・絵：宮西達也　ポプラ社
＊「たいせつなこと」作：マーガレット・ワイズ・ブラウン　絵：レナード・ワイズガード　訳：うちだややこ　フレーベル館
＊「ゆきのまちかどに」作：ケイト・ディカミロ　絵：バグラム・イバトゥリーン　訳：もりやまみやこ　ポプラ社

＊「やんちゃももたろう」作：野村たかあき　でくの房

＊「ラヴ・ユー・フォーエバー」作：ロバート・マンチ　絵：梅田俊作　訳：乃木りか　岩崎書店

＊「かみさまからのおくりもの」作：ひぐちみちこ　こぐま社

＊「てをつなごう」作：きむらゆういちのゆかいななかまたち　今人舎

＊「はかるのだいすき　はかるくん」作：大塚謙太　絵：くさかみなこ　教育画劇

＊「いいからいいから」作：長谷川義史　絵本館

＊「さくら」作：長谷川摂子　絵：矢間芳子　福音館書店

＊「ふゆのゆうがた」作：ホルヘ・ルハン　絵：マンダナ・サダト　訳：谷川俊太郎　講談社

＊「きらきら」文：谷川俊太郎　写真：吉田六郎　アリス館

＊「せなけいこ　おばけえほん」シリーズ　作：せなけいこ　童心社

＊「あらしのよるに」作：きむらゆういち　絵：あべ弘士　講談社

＊「落語絵本」シリーズ　作・絵：川端誠　クレヨンハウス

＊「ラチとライオン」文・絵：マレーク・ベロニカ　訳：徳永康元　福音館書店

＊「おさるのジョージ」シリーズ　原作：M．レイ　H．A．レイ　訳：福本友美子　岩波書店
＊「ペネロペ　こわいゆめを　やっつける」文：アン・グットマン　絵：ゲオルグ・ハレンスレーベン　訳：ひがしかずこ　岩崎書店
＊「けんかのきもち」作：柴田愛子　絵：伊藤秀男　ポプラ社
＊「ないた」作：中川ひろたか　絵：長新太　金の星社
＊「もこ　もこもこ」作：谷川　俊太郎　絵：元永定正　文研出版
＊「よだかの星」作：宮沢賢治　絵：小林敏也　パロル舎
＊「くまのがっこう」作：あいはらひろゆき　絵：あだちなみ　ブロンズ新社
＊「ジャッキーのパンやさん」作：あいはらひろゆき　絵：あだちなみ　ブロンズ新社
＊「ぼくはあるいた　まっすぐ　まっすぐ」作：マーガレット・ワイズ・ブラウン　絵：林明子　訳：坪井郁美　ペンギン社
＊「花さき山」作：斎藤隆介　絵：滝平二郎　岩崎書店

堀米 薫（ほりごめ かおる）　作者
1958年、福島県に生まれる。岩手大学大学院農学研究科修了。『チョコレートと青い空』（そうえん社）で第41回日本児童文芸家協会新人賞受賞。おもな作品に、『モーモー村のおくりもの』（文研出版）、『牛太郎、ぼくもやったるぜ！』（佼成出版社）、「あぐり☆サイエンスクラブ」シリーズ『林業少年』（新日本出版社）、『仙台真田氏物語 幸村の遺志を守った娘、阿梅』『思い出をレスキューせよ！』（くもん出版）などがある。宮城県角田市にて、精力的な執筆活動をしながら、専業農家として和牛飼育・水稲作付・林業を行っている。日本児童文芸家協会会員。「季節風」「青おに童話の会」同人。

表紙写真提供／鈴木加寿彦氏

〈文研じゅべにーる・ノンフィクション〉　2018年12月30日　第1刷
うみべの文庫―絵本がつなぐ物語
著 者　堀米 薫　ISBN978-4-580-82369-3
NDC 916　A 5 判　160P　22cm

発行者　佐藤諭史
発行所　文研出版　〒113-0023　東京都文京区向丘2－3－10　☎(03)3814-6277
〒543-0052　大阪市天王寺区大道4－3－25　☎(06)6779-1531
http://www.shinko-keirin.co.jp/
表紙デザイン　株式会社アートグローブ（島居　隆）
印刷所・製本所　株式会社太洋社